不思議な水の物語（上）

海鳴社

不思議な水の物語

上

鈴木俊行

トンネル光子と調律水

はしがき

場の量子論の分野である「トンネル光子《フォトン》」とマクロの海洋学の領域である深層水との深い関係——その謎解きの旅が本書のテーマです。

深層水は海に眠る資源と言われ、多くの島々よりなる沖縄でも民間組織がベースとなって地域活性化への第一歩として1992年にスタートしました。当時、すでに高知県、富山県で深層水の研究開発事業が国と県の予算で進められ、海洋県沖縄も三番手として名乗りを上げるべきだとの熱気が開発事業の組織化を促しました。

他山の石は輝いて見え、何事も言うは易く行うは難し……しかし、多くの人々の協力の結晶として結実するはずの沖縄本島南方海域から採水した深度600mと1400mの深層水は輝きませんでした。反対に細胞障害を起こすことが判明し、私どもの民間プロジェクトは大きな壁にぶつかり不安と崩壊の危機に陥りました。

海のコンベアーベルトと言われている深層水が毒性を持つと言うことは、地球上の生命誕生から38億年、生物進化の歴史からしても大問題ですが、現状は、生命の鎖は過去から累々と繋がっており多種多様な生命で溢れています。この矛盾の原因はどこにあるのでしょうか。

幸いにも私どもは、この矛盾解決の過程の中で従来の深層水の利用形態である富栄養、清浄、低水温の各特性の活用とは全く違い、異なる深度の深層水の「調合」と言う混ぜ方に順序が存在し、濃い塩分は真水との更なる「順序」が主導する調合により塩味を感じないほどに希釈・生成された液体を見いだすことができました。この液体は、私どもの常識を覆えす驚きの水でした。それは深層水が持つ細胞障害を皆無にし、極めて大きな希釈倍率でありながら生細胞、生体組織をより長く保存し、コメ等の作物の栽培に用いますと著しい増収・増産を実現することができました。

一方、深層水を汲み上げるために細長い中空のホースを海中に吊り下げた小型の海上ブイを設置した海域が変わり始めていました。海の色が変わり、プランクトンが増え、ある日漁民から大きな発泡スチロールの箱が事務所に届けられました。中には青光りする一匹の大きなマグロが入っていました。

点在する常識外れの状況証拠を必死になって繋ぎ合わせ自分を納得させるためにもがき苦しんで奮闘する私達がいました。時が経過し、冷静になり手元にあった計測データを再度異なる角度から解析して得られた結果は、表層海水に深層の海水が影響を及ぼしているとしか考えられないような内容のものでした。

本書の内容は、熱力学で申しますと開放系の物語となっています。それは過去から現在、そして未来へと時間が流れるエントロピーが増大する因果律とは異なる時間となります。そのために必ずしも過去が未来を決めず、未来が過去に影響している場面設定としました。

本書はフィクションであり、実在の人物・団体・事件などには関係ありませんが、私どもが実際に行ってきた既存の常識とは多少異なる「事実」の部分の状況証拠を数多く組み込んであります。そのためにフィクション部分と事実が入り交じってしまい、多分に誤解を与えかねない内容になっていましたので、本書主題のトンネル光子の理論面でご指導を戴きました保江邦夫博士、海鳴社の辻信行様のご助言によりフィクション部分、状況証拠としての事実の部分、そしてトンネル光子の理論から予測されるがまだ実験に着手していない事柄について、主な内容を事前に明らかにすることにしました。

【主なフィクションの部分】

○海洋肥沃化計画 HALUSAER 計画
○洋上設置型深層水取水装置 NIRAI 号及び NIRAI ジュニア (Jr)
○沖縄に設置された海洋科学研究所
○宜野山漁業協同組合及び宜野山３号
○冷凍庫に保存された鮮度保持液
○太平洋に撒かれた鮮度保持液

【名前は異なるが状況証拠のある事実部分】

○沖縄海洋深層水協議会の発足と行動
・1992年に沖縄県内民間企業約70社により発足、同年知事に深層水研究施設の早期実現を要請
○ソデイカ1号及び諸現象の全て
・沖縄本島南方の水深1800m海域への洋上設置型海洋深層水試験装置の設置
・同装置による深度600m、1400mからの取水
・逆止弁なしで深層水が波力により自然に湧昇する現象の把握
・プランクトンネットによる微細生物の採集（リーフ内よりも試験装置設置海域の方が多いこと）
・人工衛星によるリモートセンシング
○沖縄深層水研究組合及び報告書
・沖縄県海洋深層水開発協同組合の設立
・国と県の助成研究事業、日本財団による助成研究事業及びその報告書（平成8年度〜平成13年度）
○鶏の死亡増加事件
・糸満市内の養鶏場による試験区700羽による協力試験
○深層水の調合試験
・深層水単独でのマウス摘出肝を用いた病理試験での細胞障害の確認と調合後の解消（大学医学部

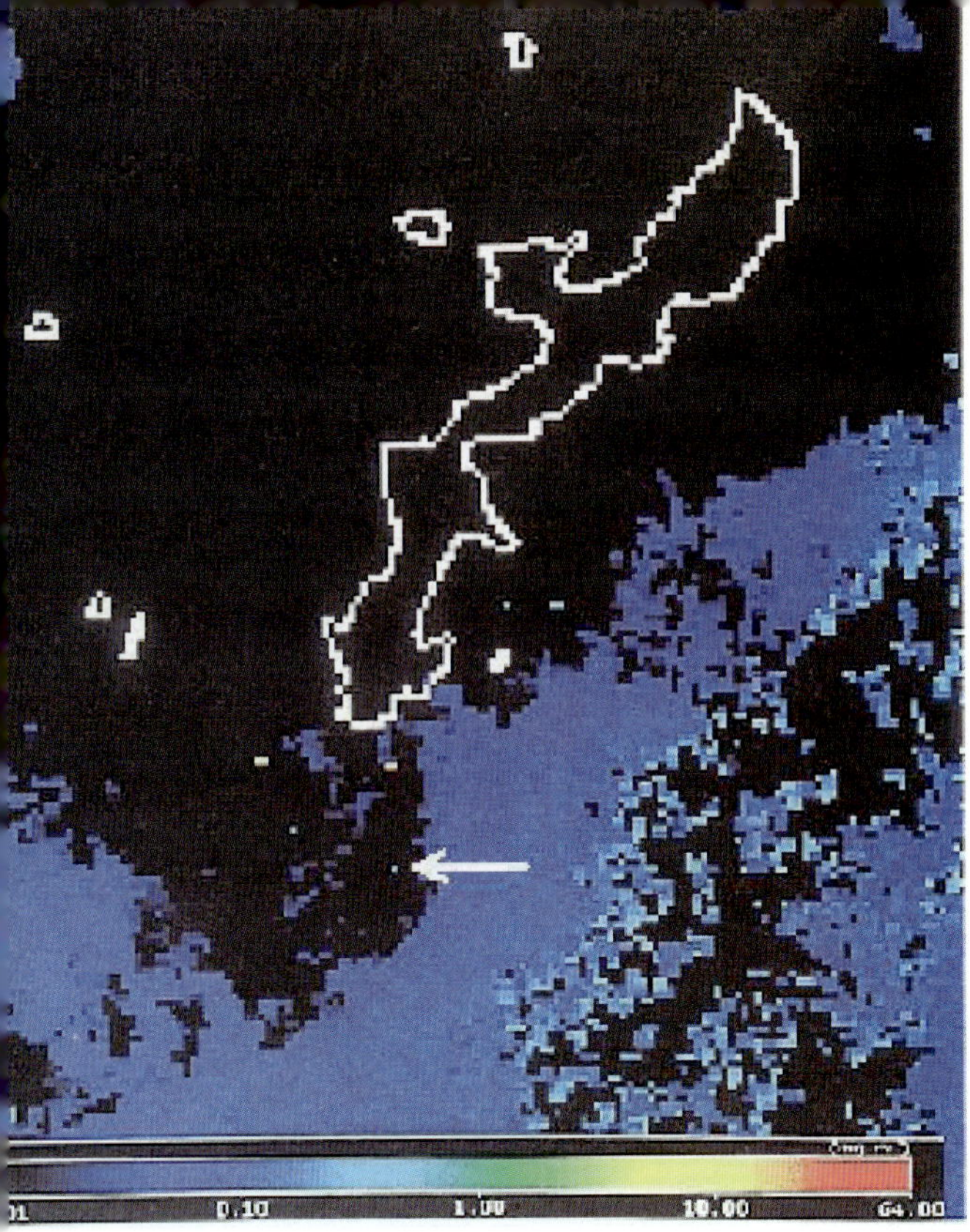

クロロフィルａ濃度分布画像（1999.5.16）
NASA/GFSC,ORBIMAGE, TRIC/TSIC, NASDA/EORC
矢印の一画素が海ヤカラ１号設置海域と一致する

（左）洋上設置型海洋深層水取水試験装置・海ヤカラ１号．深度 600m と 1400m の海水を汲み上げる能力を持つ

（右）台船より吊り上げられた海ヤカラ１号の海上ブイ

（沖縄県海洋深層水開発協同組合）

台船上の取水管

（沖縄県海洋深層水開発協同組合）

海ヤカラ１号の 10 トンアンカー

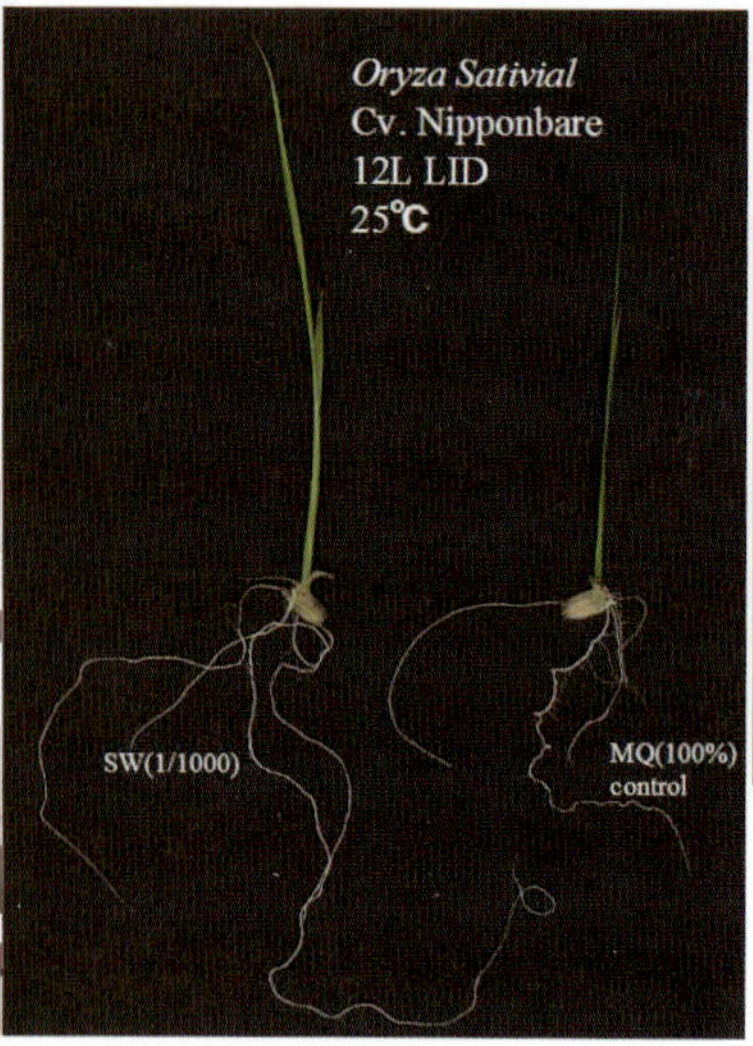

イネ（左：試験区　右：対照区）
（独行）産業技術総合研究所（つくば市）への委託研究

イネ（左と中央：試験区　右：対照区）

オオバ（左：試験区　右：対照区）
試験区は幅 21cm に達した

ニガウリ
（右：試験区　左：対照区）

（沖縄県海洋深層水開発協同組合）

実長が 40cm を超すジャンボニガウリ

ふつう 1 個 4 ～ 5 kg のスイカが、
15 ～ 20kg に生長

（沖縄県海洋深層水開発協同組合）

マグロ漁船の廃液（14 日経過）

（上）深層水の調合液を微量添加した氷を用いた魚槽の廃液
（右）普通の氷を用いた魚槽の廃液

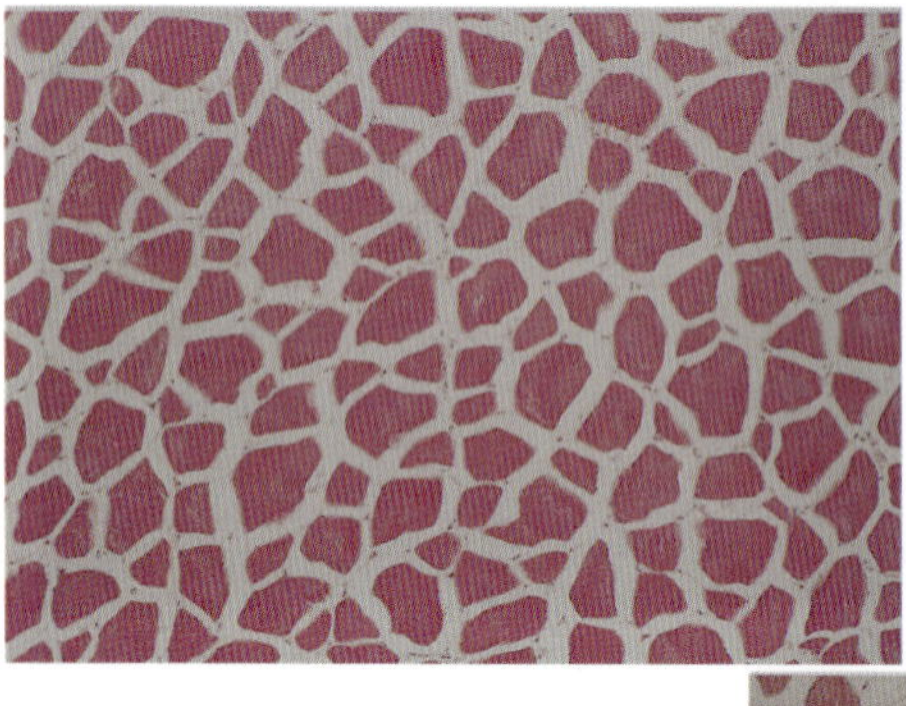

（沖縄県海洋深層水開発協同組合）

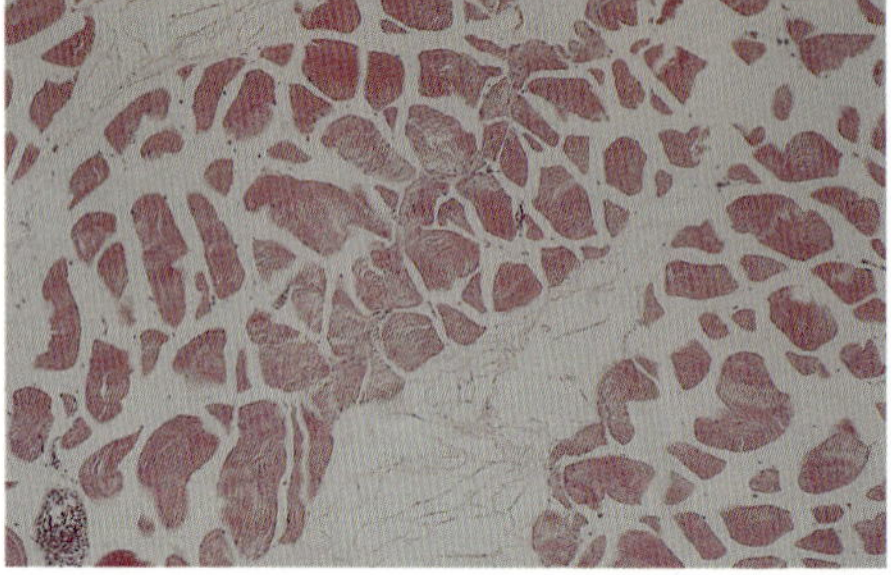

カツオの細胞（5 日経過）

（上）試験区：深層水の調合液を微量添加した氷で 24 時間氷蔵後 4 ℃で冷蔵保存
（右）対照区：普通の氷で 24 時間氷蔵後 4 ℃で冷蔵保存

への委託研究による病理学的確認）
○魚の鮮度保持、マウス摘出肝の保存試験
・カツオ及びマウス肝を用いた生体保存試験（大学医学部等への委託研究による病理学的確認）
○コメ、ホテイアオイを含む植物の生育試験の全て
・巨大葉オオバの水耕栽培は那覇市在住の方が実施
・巨大ニガウリの栽培により２００％以上の収量を得る
・トマトは佐賀県内の農家が実施して１３０％以上の収量を得る
・ジャガイモは１３０％以上の収量を得る
・巨大スイカは茨城県内の農家が実施して１個20 kg以上の収穫を得る
・メロン、スイートコーンは茨城県内の農家が実施して１３０％以上の収量を得る
・コメの栽培試験は全国数カ所で行い１４０％以上の収量を得る
・コメの発芽試験は茨城県つくば市の独立行政法人の研究機関で実施
・土浦市内の約２０００㎡の沼は冬季間の水面凍結がなく、スイレンの葉も越冬
・沖縄県内南部のゴルフ場の池のホテイアオイは巨大な葉となる
○楠湖の実験
・本州の大きな湖に２００８年4月18日、深層水と蒸留水の調合液１ℓを添加し、地元大学がインターネットにより発表している水温鉛直分布、溶存酸素のデータ、及び過去10年間の水質データ

を参考に解析し、湖水の熱伝導が改善されていることを確認

○アンプル管による浮力を差し引いた密閉容器の重量変化

・温度補正機能付きの電子天秤（d=0.1mg）による試験

○新しい鮮度保持液「エムゼロ」

・10^{4}、10^{8}、10^{12}、10^{16}、10^{20}、10^{24}、10^{28}……に希釈しても植物の生長に効果を発揮

○鮮度保持液を一滴添加した水耕栽培の実験

・沖縄県内の水耕栽培農家の23トン水耕液ベンチに0・5mlの液を添加することで根の高温傷害の回避と、液温が既成値と比べ3～4℃低下することを確認

○熱の伝導実験

・アルミニウム、ステンレス棒のサーモグラフィによる確認試験

○溶けにくい氷

・鮮度保持液を添加した製氷会社の氷の溶解試験、漁業協同組合の氷を使用した漁民の経験則と多数のボランティア協力試験

○鮮度保持液の水平面でない凍結面

・冷凍庫での現場確認と密閉容器内での氷結晶の成長を確認

○鮮度保持液の不凍及び凍結

・氷点下10℃環境における不凍とプラス温度環境における凍結の現場確認

○海水温が26℃を上回っても生長を続けるモズク
・２００８年、宜野座村海域でのモズク養殖は7月18日でも良好だった
○鮮度保持液の海域への添加試験
・海域での養殖モズクの生長促進を状況証拠により確認

【予測されるがまだ実験に着手していない事柄】
○高水温に強いサンゴの増殖
○北極や南極の氷を溶けにくくする技術
○地温の制御技術

「トンネル光子」の旅は現在も進行中です。その旅の目的とする到着地は、微力ではありますが食料増産と環境問題解決への寄与にあります。

以下の文面は、物語の中で津倉博士と原田たちが熟考した、理屈っぽい内容の将来にかける夢です。

①海洋肥沃化
深い海水には、表層海域に生息していた生物の死骸由来の微細なマリンスノーやタンパク質、栄養塩が沈降して豊富に存在している。またこれらの物質周囲には場の量子論に基づいて個々にトンネル光子

凝集体が存在しており、それは次のような理由による。

すなわち、液体である水分子は電気的な偏りである電気双極子を形成して自由な回転運動を行っているが、生命体を構成する細胞膜や細胞質内の物質それぞれの表面は、電気的にプラスの電荷を帯びているために水分子の電気双極子は整列をなす結合水の凝集体となって電磁場を形成する。この時、自発的対称性の破れにより南部‐ゴールドストーン量子がゲージ対称性により電磁場のベクトルポテンシャルの中に取り込まれるが、電磁場は南部‐ゴールドストーン量子を取り込むことにより光子が有限の質量を持つ準粒子のコヒーレントのトンネル光子よりなるボーズ凝集体が生まれる。

このトンネル光子凝集体は、自発的対称性の破れを引き起こす原因となった生命体の死後（生体分子の電気双極子が消失）もそのまま維持され存在し続ける。これが前記の生物由来の微細な死骸片やタンパク質、栄養塩にまとわりついているトンネル光子凝集体である。

しかしこれらのトンネル光子凝集体はばらばらに存在しているために連成していない。エネルギーの高いトンネル光子凝集体を含む水を少量海水に添加することで、前記のばらばらな生物死骸由来のトンネル光子凝集体の連成を長時間に渡って促すため、栄養塩の濃度の高い深層水が貧栄養の表層海域へ流動が促されることになる。また、深層の低水温の表層への伝導も促される。

表層では、この栄養塩と海面付近の大気中の二酸化炭素、それに太陽光を得て植物プランクトンが光合成を行い増殖し、海洋の基礎生産の大車輪が動き始める。その結果、大気中の二酸化炭素は魚介類に同化されることによって減少し、魚の生産が増えることになる。

②作物による食糧の増産

高温障害や冷温障害等の環境ストレス軽減に対して育種や遺伝子組み換え技術とは異なる方法、つまり組織内の水が原形質および細胞膜、それに細胞間隙との関わりから場の量子論により導かれるトンネル光子を生み出しており、この準粒子の連成を制御することにより光合成を促進し食料増産を実現できる。細胞内の活性を担う核内受容体、細胞質内受容体などの受け渡しや各種の生合成は、熱運動が影響しているために効率が低下する。このことが作物の生産性が上がらない一つの理由である。

しかるにトンネル光子凝集体の連成を行うことができれば、熱運動の原因となる高温や冷害等の環境ストレスに強い作物の栽培が可能となり、食料増産へと結びつく。このエネルギーの高いトンネル光子凝集体を含む僅かの水を葉面散布やイネであれば水田に添加することで光合成が促され、長期的な効果が持続されることで作物の生産増加を実現できる。

③溶けにくい雪氷

水は０℃を境にして液体の水になったり、固体の氷となる。自然界では氷点以下の氷の塊は周辺の境界部で熱のやり取りを行うために、０℃以上の環境内では境界部から溶け始める。その一因としては、氷塊内部での熱伝導が低いことにある。氷塊内部の０℃以下の冷熱が速やかに周辺の境界部に伝わるならば、固体である氷が水となる融解現象に抵抗性を持たせて氷が溶けるのを遅くすることが可能である。

雪氷の元となる雪は、上空で水分子よりなる水蒸気が微小な塵を核にして凝結し、冷やされて結晶化し地上に降ってきたものであるが、塵は表面がプラスに帯電しているために、上空での水蒸気の凝結は塵の表面に水の電気双極子が凝集体を形成し、そのために電気双極子場による電磁場が作られることになる。

地上に降り積もった雪は、個々のトンネル光子凝集体（コヒーレント領域）が互いに密に接するように埋め尽くされているわけではなく、さまざまな分子やイオン（主に海水や土壌由来）のために非コヒーレント領域が拡がっている。

トンネル光子はベクトルポテンシャルの減衰波であるために凝縮しているコヒーレント領域の外には伝搬しないが、この凝集体間の連成が促されれば、結果として熱伝導率の向上が図られ極域の雪氷の融解にブレーキをかけることができる。

私どもが深層水の調査研究に着手しているとき、宇宙開発よりも海洋開発のほうが数倍も難しいと教えて戴いた糸川英夫博士が亡くなられたことを知りました。先生からは創造性の重要さを教わりました。

神沼二眞博士には、ここ沖縄で深層水の調査研究に着手する触発と、その後の具体的な深層水の研究開発に参加して戴き、ご専門の分野より多くのアドバイスを戴きました。深層水調合液の植物への遺伝子レベルでの解明、海洋肥沃化等のそれぞれのステップアップは、先生のご高配がなければありえませんでした。

大出茂博士には、深層水の分析におきまして親切なご指導と沢山のアドバイスを戴きました。特に年代測定（見かけの年齢）を含む調査研究に参加して戴き多くのご教示を戴きました。

保江邦夫博士には、論考を構築する上で貴重なご教示と未踏査分野の領域にあって本当に重要な事柄は何なのかを教わることが出来ました。湖での試験、その結果の解釈についてご尽力いただきました。また、武道ではまったくの初心者の者を〈合気〉の練習に参画させていただくとともに貴重な合気体験をさせていただきました。先生の門下生でもある道場の皆様の心の優しさにも触れさせていただきました。先生の励ましとお力添えなくして本書は誕生しませんでした。心より感謝申し上げます。

そして、一緒に深層水の夢を語り、一緒に汗を流した沖縄県海洋深層水開発協同組合を始めとする関係の皆様、数々の動物、植物等の試験に協力して戴いた全ての皆様に心より感謝申し上げます。

２００９年３月

アクアサイエンス研究会を代表して

鈴木　俊行

目次（上巻）

（下巻目次）

0　はじまり

西暦2039年。この家族が新天地〈沖縄〉に転勤してから数ヶ月が経った初夏のある日の夕方8時過ぎである。夕食を終えた一家と愛犬〈ナンバー・ワン〉は、夕涼みのため小さな川沿いにそって歩いていた。南国沖縄の夜空に浮かぶ雲は綿のように白く、南の風に乗ってゆっくりと北の空に運ばれていく。

カランコロンと下駄の音が家族の道案内をしているようでもある。一家は、空を見上げたりしながら子供を真ん中に手をブランコのように揺らし歩いている。

もしかしたら気づいてほしいのかそうでないのか分からないままに、星々をブーメラン状に集めたような小さな一団が、一家の遙か前方の上空を無音で南へ移動して行く。原田は足を止めて目を凝らした。

「どうしたの？　お父さん……」

「ほら！　あそこを見てごらん」

妻に指で示したが、暗闇で視線を追うことが出来ないでいる。その間に光る小さな一団は、建物と木々が低く連なる黒いシルエットの水平線上空に溶け込むように消えていった。

「初めてだよ、あんなのを見たのは……」

「渡り鳥の群れじゃなかったの？」

「……違う。……点滅はしてなかった……」

「お腹の白い羽の鳥じゃなかったの？……鳥も群れで飛ぶわよ」

「……違う……」

一家は、川に沿って右にカーブしているいつもの道を更に歩いている。

「若菜、和之、お父さんは考えごとしているからね……」

「お父さん、何を見たの？」

一家がカーブを曲がり川に架かっている橋のところまで来た時である。原田は促されたわけでもないが真上を見上げた。

大きな白い雲の塊の上空を突如、光点の数々が巨大な幅のある「く」の字となって現れ、南の那覇市方向へと移動して行く。原田も紀子も足が震えた。

「お父さん、こわーい！」

子供が原田の足に抱きついてきた。ナンバー・ワンも怯え地面にうずくまった。

2人の大人はただ見上げ、見送るのみであった。

翌日、原田は朝刊に目を通したが、昨夜の光の一団のことは載ってなく、その後の新聞にも〈目撃〉の掲載記事は載らなかった。

その後家族は、一日おきに一晩に2回、計4回目撃した。合わせて6回の〈光の一団〉を目にした。

2年後、原田は一人でもう一回目撃するのである。

原田は気象台に電話をした。

「お尋ねしますけれど、今、那覇市の上空に浮かんでいます雲の高さはどの位ですか?」

「2000mから3000m位です」

「……ありがとうございました」

上の空の声だった。〈渡り鳥は、こんな上空を飛ぶのだろうか?〉

原田は、それ以来夜空を見上げる回数が増えた。ジュラルミン製胴体の飛行機が大きなエンジン音を吐きながら飛行しているのを見たが、胴体は暗闇の中に染まり、翼の点滅する灯りが爆音を更に大きくしているようにも感じられた。

原田が沖縄に来て、最初に遭遇した驚きとも、恐怖とも、不思議ともとれる出来事はこれが始まりだった。

1　調査船南星丸

翌年6月、沖縄近海。初夏の空は目がくらむほどに眩しく、青い海原が目の前に広がり、エンジンの鼓動が心地よく規則的な振動として伝わってくる。かき分けられた波頭はV字型となって後方に広がり、250トンの調査船南星丸はフィリピン海を東に向けて航行していた。

甲板より見上げると空に突き出た風速計のプロペラがほとんど首を振ることなく力強く回っている。上空には白雲が所々あるだけで、快適な航海である。はるか上空をジェット機が無音のまま一筋をひいて北上しているのが確認されるだけである。

原田正英は、淡いブルーの半袖の作業服姿で一人船首のデッキの手すりにつかまりながら遠くの水平線を眺めていた。時々波のうねりが船体を左右に揺らしたが、エンジンのリズミカルな振動音は乱れることもなく深いブルーの海中に吸い込まれていく。

北海道出身の妻の紀子はすぐに沖縄にとけ込み、カルチャースクールにも積極的に足を運び、生け花、琉球琴などで仲間が大勢できた。

「それじゃ、行ってくるよ。2週間ほどで戻ってくるから……。子供達によろしくね……ナンバー・ワンにも餌をあげて……水は毎日取り替えて」

「気をつけて。電話頂戴ね……」

原田はリュックサックを後部座席に投げ込むなりエンジンキーを回した。手を振っていた紀子はカーブを曲がった所でバックミラーの視界から消えた。


原田は先週開催された海洋肥沃化を実現するHALUSAER（ハルサー）計画の会議に、システム統括の運用側のオブザーバーとして出席した。会議は12月の中間報告に向けた実務者だけの小会議になる予定であったが、国の海洋開発を担当する農林水産省海洋局の次長、食料の確保を担当する次席審議官も急遽参加することとなり、緊迫する国民の食料の確保に向けたHALUSAER計画の研究と実現にかける政府の期待の大きさを物語る会議となった。

２０４０年、地球温暖化は予想を上回る勢いで進み、豪雨と干ばつの地域的偏りが激しく、気候に左右されやすい農業生産、特に自給率１００％を保っていた米の農業生産も２０２０年当たりを境に国の需給見通しは外れることが多くなっていた。

政府は食料自給率を上げるために高温や低温の環境ストレスに強い植物ゲノムの開発研究に多額の予算をつける一方で、全国の農地の潅漑施設の再整備事業に乗り出し、広大な経済排他水域内での漁場造成にも本腰を入れつつあった。

化石燃料の使用は完全に政府の管理下に置かれ、エタノールなどのバイオエネルギーの生産が飛躍的に伸びていたが、食糧や家畜の餌としての穀類価格が高騰し、持てる国と持たない国の経済格差が広まりつつあった。アメリカは、世界の穀物市場を牛耳っていたので脱石油景気に湧いたが、２０２０年頃から、干ばつや超大型ハリケーンの度重なる襲来により穀物生産減少の危機が現実化していた。

隣国中国では内陸部の干ばつが厳しく、そのために砂漠化が拡大し、生活の糧を放棄した多くの農民が東部の海岸地域に移動を行い、特に上海は急激な人口増加に打つ手がなく、失業や社会不安を一層あおる結果となっていた。

ついに中国政府は、東シナ海の海洋開発を進めるために〈第二の万里の長城〉を２００海里に沿って大型の海上ブイを数千基設置すると発表し、海洋での食料増産計画をスタートさせた。中国の計画は、ほとんどが水深２００ｍの東シナ海で大規模な筏により牡蠣と海藻を養殖するというものであった。21世紀の最初の10年間は大型の台風も東シナ海を幾度も襲ったが、以後30年間は皆無となっていたことも東シナ海での食糧生産を目的とした海洋開発を促した要因であった。

東南アジアの国々は、中国ほど具体的に海洋開発を行うのは希で、それは干ばつよりも台風の被害が大きく、陸の開発、特に芋類の育種技術に重点を置いて栽培面積を広めつつあったためである。

その他、グリーンランドや北極の氷がいよいよ溶け出して表層海面の海水の密度が低下しつつあることが現実となり、そのために暖かなメキシコ湾海流の北上が弱くなり、高緯度に温かな海水が運びこまれなくなりつつあった。ヨーロッパは局地的な低温に見舞われる日々が多くなっていた。

アフリカは、サハラ砂漠の拡大がより一層促進され、危機的な食糧難が続いていた。国連の世界食糧機構（FAO）は、カナダ、ロシアに対し多量の小麦の拠出を求めていた。

南米諸国でも、地球温暖化のマイナスの影響は大きく、特にアマゾンの熱帯雨林は降雨が極端に少なくなったことと、人為的な開拓と石油エネルギー供給の逼迫によりエタノールの原料としてサトウキビの栽培面積が拡大し、熱帯雨林の減少傾向が更に速まっていた。

アフリカ諸国からは干ばつの一因はアマゾンの熱帯雨林が減少したためだとブラジルへの非難応酬が国連の場で行われ、大西洋を挟んだブラジルとアフリカ大陸諸国は険悪な関係になっていた。


HALUSAER計画は、我が国の２００海里の経済的排他水域内で深層水を海面に持ち上げてプランクトンを増やし、大規模な漁場にするために国が久々に再スタートさせた海洋開発であった。

「久々の計画」と呼ばれるのには次のような理由があった。20世紀の末、科学開発庁は、沿岸部にポンプを設置して海底に沿って下ろした取水管を通して深いところの海水である深層水を汲み上げる陸上設置型システムを高知県、富山県、沖縄県、静岡県で進めていた。深いところの海水は、光が届かないこともあり肥料分の栄養塩が豊富で養殖等への利用についての基礎研究も行われた。

水産振興庁は、科学開発庁の後を追う形となったが、沿岸部とは異なる洋上での深層水の利用を模索した。東海湾での試験は、深度２００ｍから日量12万トンの海水を表層海域に撒く大がかりな計画を実施した。4ヶ年間にわたり深度200mの海水は海面に撒かれたが、当初予定したプランクトンを増やすという目的は僅かに達成されただけで、試験結果がマスコミを賑わすことはなかった。

次に水産振興庁が予算化したのは、発電所から排出される石炭灰をセメントで固化し、浅い海の海底に投げ入れ小高い海底山脈を造成して海流に乱流を起こし、底の濃い肥料分の海水を巻き上げることによりプランクトンを増やす試みであった。

当時、深層水によりプランクトンを増やし魚介類の漁場にする計画を進めていたのは、日本、韓国、台湾の3カ国だけであった。

アメリカは、ハワイで深層水利用の温度差発電実証プラントを試みたが、20年前に採算が合わないとの理由で取りやめていた。


原田は、先週のHALUSAER計画会議の内容について考えると心は重かった。

会議はHALUSAER計画の委員長で座長をつとめる日本海洋大学大学院教授の古橋正一、リモートセンシング技術の宇宙開発機構教授である隅田渉、海洋構造物全般を担当した財団法人船舶技術センターの田中真之介専門技官など、我が国を代表する面々が一堂に会して、沖縄本島中部のフィリピン海に突き出た勝連《かつれん》半島の先端に設置された国立海洋科学研究所で開催された。

海洋科学研究所の敷地は、以前、アメリカが潜水艦の軍港として使用していたが、グアムに西太平洋の潜水艦基地の集約を進める中で日本に返還され、熱帯海域の研究の重要性から研究所が設けられた。

原田正英は、同研究所の海洋肥沃化プロジェクトチームの一員としてＮＰＯ法人海洋生物研究所から出向し、研究員として海水の観測に当たっていた。

HALUSAER 計画は、沖縄本島の東の海域、水深２５００ｍの海域がその実験海域に選ばれた。それは深度６００ｍより日量１００万トンの深層水を海面に揚水する大型の洋上設置型海洋構造物からなる。構造物は NIRAI（ニライ）号と名付けられた。NIRAI 号は、３人の調査員が常駐し、今年３月より観測を始めたばかりである。

NIRAI 号は過去の教訓を生かすために次のような特徴を備えていた。

(1)　表層海域に揚水した深層水の沈降を防ぐために、表面の暖かい海水と深層水の低水温をヒートポンプにより熱交換し水温調整ができる
(2)　台風時は潜水艦のように深度２００ｍまで潜行できる
(3)　潮流による栄養塩濃度の拡散を打ち消すために深層水の揚水量を日産１００万トンとした
(4)　３人の研究員が常駐し研究できる

NIRAI 号は設置から３ヶ月が経過していたが、プランクトンの増殖を示す効果的なデータは未だ得られていなかった。

原田は自問自答した。栄養塩濃度にも異常はなく、深層水を用いた基本的な培養試験ではプランクトンは多少増えているのだが、しかし、気がかりなことが一つあった。顕微鏡で見るとプランクトンの形状が変形したような物が多く見つかったことである。

肩をポンと軽く叩かれて原田は我に返った。

「海ばかり見ていて……元気がないぞ……」

研究部長の金澤泰男が黒色のサングラスをかけて後ろに立っていた。原田も日焼けして顔も腕も黒かったが、金澤はいっそう黒かった。金澤も原田と同じNPO法人からの出向である。

「……金澤先輩。培養のことが気がかりでいろいろ考えていたんです……」

眉間に少々しわを寄せて原田が言った。

2人は手すりにつかまり、海に向かって言葉を発した。

「俺もそのことで文献を調べてみたが、参考となるものは皆無だった……。NIRAIの設置海域の海水の塊が特別ということはないだろうか？……」

「IPCで調べてもらったが特別なものはなかったです」

IPCは、プラズマ分光分析を意味する言葉で、1兆分の1クラスまでの微量元素の分析が可能である。

「海水で植物プランクトンを培養するのは初めてではないが、深度600mの海水は……初めてですよ」

と原田が元気なく言った。

「そう言えば、深層水はあまり話題にのぼることもなかったじゃないか。ここ数年だろう、深層水、深層水って言われるようになったのは……」

「……研究所のことですが、深層水の持つ栄養性に再度注目して、鳴り物入りで出来たのでしょうけれど、本音を言えば深層水で漁場造成など出来るのでしょうか……？」

「確かに、NIRAIは100万トンの深層水をあげることができるが、プールのように海水を囲うことができればあっさり解決すると思うのだけれど……」

「金澤先輩、僕は少しずつ疑問に思い始めているのですよ。NIRAIが本稼働してから3ヶ月以上経過していますけれど、ほとんど進展の様子が見られません。プランクトンネットで周辺海域、特に潮下10km位まで調べてみましたが、他の海域と比べてほとんど差はなくて……何かおかしいですよ……」

「……先週の会議に原田は出席したんだろう。どんな様子だった？」

金澤が話題を変えた。

「古橋先生も東京から見えて久しぶりにお会いしましたが、2月に設置したNIRAIの設置工事の報告がほとんどでした。東京からも偉い人が2人出席してました」

「国も今回のNIRAIプロジェクトへの力の入れようはすごいからなぁ。熱帯の海の砂漠を食料生産の場に出来れば本当に革命だよ。気候がますます不安定になり、国内の農業生産も低下し始めているし、まして海外からの食糧の輸入も金で買える時代は終わりつつあるからなぁ……」

「先輩、仮にですが、NIRAIがそれなりの成果を上げたとしても、深層水を表層に持ち上げるエネルギーはどうするつもりなのでしょうか。今の100万トンなどでは到底食糧の供給は無理です。数億トン、あるいはもっと大きな数字を必要とすることは国も分かっていると思いますが……」

「……恐らくそうだろうね。国はNIRAIのような装置を何百と作らないと海の肥沃化など出来ないことは分かっているさ。以前、古橋先生も原理の確認と実用化は別だと話されていた。あくまでも今回のNIRAIは海洋肥沃化の実証プラントなんだ」

「……ポーズみたいに僕には見えて仕方ありません。国民へのポーズでしょうか。時間稼ぎをしているように思えてなりません。予算も大きいし……」

原田は少しショックだった。

「国が行うことは往々にして政治的なことが多いけれど、俺たち研究者は物事の本筋に目を向け果敢にチャレンジすることが大事なんじゃないか……」

「……そうですね……申しわけありません。……先輩、実は今回のNIRAI行きで一つ確かめたいことがあるのです」

「……深層水の水質のことだろう」

2人の視線のはるか前方の波間にNIRAI号の先端が少しずつ見え始めていた。

2　NIRAI号

NIRAI号は、海に浮かぶ巨大な島であり、要塞のようである。丸い円盤の形をしており、直径は、１００ｍはある大きさで、黄色のペンキで仕上げられている。

円形の中心に３階ほどの高さの小窓のついた制御棟が立ち特徴的である。「洋上設置型深層水揚水システムNIRAI号」と太い黒色のゴシック体で書かれている。

四方の排水口より深度６００ｍの深層水が表層水の水温と同じに熱交換されて日量１００万トンの海水が、燃料電池で稼働するポンプで放出されている。

NIRAI号は、自力航行も可能であるが、海中に延びた太い４本の係留索により海上に静止している。

運用は防衛省が行っており、船長以下５名ほどの陣容である。海洋調査は、原田達が所属する国立海洋科学研究所が担当しており、原田達が現場の研究部隊である。

古波蔵《こはぐら》正信がこのNIRAIに常駐してから半月が経過しようとしていた。古波蔵は髪を短く刈っており、腕、顔とも真っ黒に焼けてNIRAIの住人といったところだ。定時の調査である小型の舟を繰り出して直接海水をサンプリングし、NIRAIに持ち帰りクロロフィルａや栄養塩等を測定する日課である。NIRAIより放出される海水は水温、栄養塩、塩分が常時モニターされ制御棟と研究室のコンピュータにグラフとして表示される仕組みである。

古波蔵もNIRAI号の周辺海域の異変に気づいていた。

「……まるっきり魚が釣れない。魚がNIRAIを嫌って逃げ出したかのようだよ……」

調査仲間の加藤真一に言った。

「僕もそう思う。釣り糸を垂らしていたのだが、変な魚がかかってしまってね。深海魚だ……」

加藤は、身長が１８０cmを超す長身で痩せ型である。古波蔵とは良く気が合い、泡盛を酌み交わす仲である。

「深海魚か。十分にあり得る話だけれど、肝心のプランクトンは増えていない。１００万トンも放流しているのにおかしな話だ」

古波蔵達はNIRAIより潮下の海域を中心に深度２００ｍまでのクロロフィルａ、塩分、水温、栄養塩の水平分布と鉛直分布を作成した。クロロフィルａを除いた塩分、水温、栄養塩はNIRAIより深層水が放出され、拡散しながら広がっていることを示していた。NIRAIが汲み上げている海域の鉛直分布は、塩分と水温の綺麗な逆S字カーブを描いた。

「海洋学的には立派なデータなのだが、栄養塩がプランクトンのほうにシフトしない。原田さんからも連絡があったがこんなこと初めてだよ……」

NIRAIの甲板で話し込んでいた古波蔵と加藤は、調査船南星丸の船影を確認した。船のデッキで手を振っている何人かを確認すると、返答する形で両手を上げて大きく振った。

どんどん船影は大きくなり南星丸は減速しだした。係留ロープがNIRAIに投げられ、調査船は接舷した。

南星丸は、NIRAI号に食料と燃料を運び終えると勝連半島に向けて戻っていった。

海域調査と、ある実験をするために原田と金澤はNIRAIに残った。

「……原田さん、やはりおかしいです」

古波蔵がモニターを見ながら言った。原田、金澤、加藤の3人は食い入るようにパソコンのモニターを見た。

「実は、深層水でプランクトンの培養を試みたが、増加するにはするのだが形の異常なプランクトンが増えてね……」

「原田さん、NIRAIのほうなのですが、海水のプランクトンを調べていますが、ほとんど増えていません。魚もほとんど寄りついていないみたいです。

沖縄では近海に浮き魚礁の『パヤオ』が200基近く設置され、パヤオは魚の集魚効果により周辺海域はいい漁場になっています。NIRAIは漁協のパヤオよりも桁違いに大きいから大物がたくさんつれると思い、釣り道具も持ち込んだのですけれどほとんど釣れません。大きな声じゃ言えないけれど、もしかしたら深層水が原因じゃないかと思い始めているところです……」

古波蔵が加藤の顔を見ながら話した。更に加藤が話そうとしたが金澤のほうがはやかった。

「何かがおかしい……深層水は栄養塩に富むことで漁場造成のスター的存在だ。深いところにある深層水を表層に汲み出そうとするのがこのNIRAIだろう。……原田君の実験は深層水で形状のおかしなプランクトンが増えると言っているし、NIRAIはNIRAIでプランクトンも増えなければ魚も寄りつかないという。プロジェクトは既にスタートしているというのに……」

ようやく加藤が言った。

「確かに深層水の沈降は少なく、表層水と良く混ざっていると思われます。以前、染料を用いて潮流による深層水の拡散状態を調べたことがあります。NIRAIの潮下の方向の海水をプランクトンネットでサンプリングしたのがありますのでちょっと見てください……」

加藤は、棚から透明のサンプル瓶を取り出して、スライドガラスに数滴落とし顕微鏡にセットした。3人は顕微鏡の接続モニターに移動した。「パチッ」というスイッチの音と共にモニター画面が明るく輝いた。加藤は接眼レンズを覗き込みながらスライドガラスが乗っている移動ステージを微調節して動かした。

モニターに映し出されたプランクトンの姿を見ていた原田が低い声で言った。

「……うーむ、同じだ！　おかしい。何かがおかしい……」

「……NIRAI の海がおかしくなっている？……」

原田の提案でもあったが、４人はプランクトンの異常について詳細な深層水の試験を行うことになった。

「僕は、深層水の海水の特質について再度確認したいことがあります。協力を頼む……どうしても表層から深度２０００ｍ近くまでの海水を採水して生物チェックをしてみたい。実験計画はこの用紙に纏めてあります……」

原田はＡ４サイズの用紙1枚に簡単に纏められた実験計画書を最初に金澤に手渡し、古波蔵、加藤の順に配った。

「……ウニの卵による初期発生試験か。船で話していた内容とはこのことだったのか……」

「原田さん、これは深層水環境内でのウニの卵の受精と発生について調べる内容と理解しますが、ある意味では怖い内容ですね……」

加藤が左手拳の甲を唇に当てながら言った。

実験は、結果が出るまでには大した時間を要しないことは分かっていたので、結果を得て金澤が上司に報告することになった。

「……どう思う……原田」

10脚ほどの小さな食堂の片隅のテーブルで、湯飲み茶碗をすすりながら金澤が言った。

「……先輩、原因は深層水だと思います。しかし、深層水はこのプロジェクトの柱ですからね。しっかりした実験をしなければと思いますが、内心怖いものがあります……」

「……結果を先走るようだけれど……このプロジェクトは失敗かも知れない……深層水はこれまで言われてきたような安全な物ではないのかも知れない。……我々は毒入りの深層水を引き上げて表層にばらまいているのじゃないだろうか。だからプランクトンはおかしくなるし、魚はいなくなる。このプロジェクトが走り始める前に深層水についてのマイナス情報はなかったんだろうか……」

「……金澤先輩、国民の食料の確保という大義名分がまずあり、そして政治的に決まってしまった。たくさんの税金が動いた。……喜んだのは箱物を仕事に出来た人達だけでしょうか……僕は時々研究していることが虚しくなる時があります……」

原田はこれまでの NIRAI の経過を振り返るようにして言った。

「俺だって同じだよ……」

「事業が成功していれば関わった人達も、その家族も嬉しいと思いますよ。子供達も家の親父が関わった NIRAI だと胸を張れますから……しかし、失敗となったら説明のしようがありません。原因を他に転嫁しがちです……企業論理の儲けが先ということもありますでしょうしね……研究なんていうと格好がいいけれど、お上の前ではほとんどの研究者は従順な者ですよね。自分もその一員なのかなぁ……」

「勇気ある研究者がいて、深層水のマイナス面を公にしてくれていたらなぁ……原田が船の中で言っていたように深層水で漁場をつくり、食料を生産するなんてことは乾電池で新幹線を走らすことよりも難しいかも知れない。地球の温暖化は結果であり、一面的には人間の経済活動のツケだからね……」

「地球温暖化は、二酸化炭素原因説ではなく長期の太陽活動に伴う太陽活動説もありますけどね……」

「でも、今が全てだぞ。現実を直視しようじゃないか……何か解決の糸口がきっとあるはずだよ……」

「……はい……」

NIRAIは、今にも沈もうとする真っ赤な夕陽を浴びて制御棟の黄色のペンキがオレンジ色に変わった。鈍い振動音は休むこともなくなり続け、ゴーッ、ゴーと四方の海面に深層水を放出していた。夕暮れが迫っていた。

南の海は、夕方の8時を過ぎても空は日中の明るさの余韻を楽しんでいるかのようである。


翌朝もNIRAIの海域は凪であった。4トンほどの小型調査船がクレーンで海面に降ろされた。舵は古波蔵がとった。小舟は潮上のほうに向けて走り始めた。

「今、NIRAIからどのくらいの距離？」

金澤が聞いた。

「約20海里です」

GPSを覗きながら加藤が大きな声で答えた。

「加藤君、ポイントを記録してくれ……よーし、停船！　古波蔵君停船！」

原田はサンプリング用の採水器を海中に投げ入れた。

採水の計画は、表層水、深度100m、200m、……、1500m、1600mの17層である。NIRAIには採水量の少ないナンセン採水器1基しか設備されていなかったので、採水器の海中への投入、メッセンジャーの投下、そして引き上げとそれぞれに多くの時間を要する作業であったが、4人とも作業に精通していたので順調に進んだ。古波蔵は船が潮流に流されないようにきめ細かに舵を操作した。深度1600mの深層水を採水し終わったのは午後2時を過ぎていた。

4人は遅い昼食をとった。加藤が船尾より釣り道具を持ってきて釣り糸を垂れた。短い時間であったが強い当たりがあった。

「原田さん、NIRAIでもこんな引きがあれば嬉しいのですけれどね」

「……そうだね……」

「よーし、作業終了！　……戻るぞ」

力強い金澤の声が船内に響いた。

NIRAIに原田達が戻ったのは午後5時を回っていた。海水のサンプルを実験室に運び入れ、慎重に細菌濾過を行い冷蔵保管し、後日のウニ発生試験に備えた。

3　ウ　ニ

ウニの発生試験は環境指標として良く用いられる方法である。海水の汚れ具合を調べたり、時には環境ホルモンの実験にも用いられる。

原田がNIRAIに持ち込んだウニは、食用のムラサキウニで沖縄の珊瑚礁域等に生息する熱帯ではポピュラーな生き物である。

翌朝、原田は金澤達との簡単な打ち合わせを終えると実験室入った。古波蔵と加藤より手伝いの申出があったが断った。

原田は、ウニの口器にアセチルコリンを注射し放卵放精を行った。放卵された卵は塩分を海水と同じにした塩水で数回洗浄し、細菌濾過を行った表層水から深度１６００ｍまでの17層の海水が入ったマイクロ飼育器にそれぞれ分注した。更にそのマイクロ飼育器に希釈した精子を添加し、恒温器に入れた。

原田は、精子を添加したそれぞれの飼育器の半分に2時間経過した時点でホルマリン液を添加して発生の進行を止めた。

「……少々臭うな」

金澤が缶コーヒーを持って入って来た。

「ありがとうございます。今、受精後の進行を止めたところです。46時間後に別のサンプルにホルマリンを添加して発生の進行を止めます……」

「……少し早いけれど昼食にしよう……」

「もうこんな時間ですか」

腕時計を見ながら原田が言った。食堂に行くと古波蔵、加藤が既に昼食の準備をしていた。

「原田さん、実験は順調ですか?」

と麦茶をコップに入れながら古波蔵が話しかけてきた。原田は、実験の進捗を話し、午後の予定を説明した。

少しNIRAIが揺れた。タンカー等の大型船が近くを通ると余波で揺れることがある。

午後、午前中にホルマリンで固定した受精卵の未受精卵発生率を調べるために飼育器を顕微鏡にそれぞれセットしカウントした。カウントはある程度の熟練が必要な仕事である。原田は左手で顕微鏡の移動つまみを回しながら右手はカチカチとカウンターを押している。根気のいる仕事である。当然、コンピュータの画像処理によるカウンターは勝連の研究所に設置されていたが、急なNIRAIでの実験のために力仕事となった。

「やはり、思った通りだ。表層水よりも深層水のほうに未受精卵が多い」

原田は、得られた深度毎の異常の出現数をパソコンの表計算ソフトに入力し、グラフに展開してみて更に驚いた。

実験室内にはNIRAIの動力源の振動音が低く脈を打って伝わっていた。壁の時計は夕方の7時を既に回っていた。原田は金澤に電話で連絡をとった。すぐにドアのノックがして3人が入ってきた。

「このグラフを見てください。統計処理をした未受精卵の出現を表したグラフです」

3人はパソコンのグラフに見入った。

「……深層水は受精を妨げている！」

「深層水の何が原因なのでしょうか。……何かの溶存物質でしょうか？」

加藤が言った。

「……わからない。現時点では何とも言えない。何かホルモンのような作用なのか、それとも毒物のような物か……」

金澤は慎重だった。

「……明後日、受精卵の発生異常について調べる予定です。古波蔵君、加藤君がNIRAIで行ったプランクトンの培養試験と、私がプランクトンで見た異変とは恐らく同じ深層水に原因するものかも知れないぞ……」

4人は、実験室を後にしてNIRAIの甲板に出た。原田にとっては短い一日、金澤達には長い一日だった。

3　ウニ

昨日と同じ夕日がまた海に沈もうとしていた。夕焼けの鮮やかさから一瞬にして夕闇に変わっていく。

4人の足下の海面ではNIRAIから排出される100万トンの海流が渦を巻いていた。実験はまだ途中であったが4人は無言ながらも互いに身震いを感じた。

「食事にしようか……」

金澤が3人を促した。

原田は、再度ホルマリン液を添加して発生の進行を止めた。甘いホルマリンの独特の臭いが実験室に漂う。金澤が顕微鏡下の発生異常をカウントした。発生異常も表層海水に比べて深層水のほうが明らかに多く、異常卵割や異常胞胚、異常嚢胚と形態異常や奇形が見られた。

古波蔵は、得られた深度別の異常の出現数をパソコンに入力し、グラフに展開する作業をかってでた。

沈黙を破って話し始めたのは原田だった。

「……もしも、もしもだよ……深層水の正体が、私どもが実験で得たこの異常な結果と同じとすると、地球上の生物の進化が狂ってしまうどころか破綻してしまうぞ……」

「……どういうことですか？」

金澤が説明した。

「深層水は地球を取り巻くベルトのように2000年から3000年の周期で回っている。良く言われることで、また常識となっていることだが、深層水が湧き上がっている海域の面積は全体の海域の

0・1%ほどであるが、そこでの魚介類の生産は約半分と言われている。それは、深層水には窒素、リン、珪素等の栄養塩の肥料分が豊富だからだ。……そう、このNIRAIは、深層水の肥料分を表層海域に放水してプランクトン等の基礎生産力を増して食料であるたくさんの魚を作る実証装置であるのだが、現在の結果はみんなが知っての通りとなっている。……もし、原田やみんなが得た深層水の実験結果の通りだとすると、深層水はプランクトンに致命的なダメージを与えていることになる……」

金澤は、うつむき加減に両手をズボンのポケットに入れて円を描くようにゆっくりとした足取りで歩いていた。

古波蔵が言った。

「深層水のマイナスの結果は他の所では出ていないのでしょうか?」

「……ない。聞いたことがない……」

金澤は立ち止まり、小さな窓から見える青い海に視線を送った。

「……深層水の作用がウニと同じだとしますと、大変な結果になってしまいますよ……」

加藤が話を始めた。

「約46億年前に地球が誕生し、43億年前に現在のような中性の海が誕生したとされています。そして生命は約40億年前に海に誕生したことになっています。

30億年か40億年前から海には深層水が形作られたと考えられるわけですが、海の原始生命も深層水に曝されて来たわけですね……深層水がウニの卵に作用するのと同じことを原始生命に作用したならば、生命のバトンタッチである生命進化は最初の段階で途絶えていたことになります……。それとも初期の生命はウニの卵のようではなく深層水に強かったとでも考えられるのでしょうか。

ご存じのように海にはたくさんの魚、海藻、プランクトンが棲んでいます。魚であった私たちの祖先も海から上陸したわけです。今回の実験結果である深層水とウニの卵の関係がその通りだとすると……何かが矛盾しているのです……」

原田は椅子の背にもたれながら熱っぽく話す加藤の話に耳を傾けていた。

古波蔵が言った。

「NIRAIの海域を見渡しても魚は少ない……ウニの卵のようだとすると魚達は動物的感と言おうか魚的感というもので NIRAIの近くは危ないと感じているのかも知れない。きっと深層水の臭いを嗅いでおり、近寄らないのだ……」

「……しかし、古波蔵さん、魚は潮上のほうにもほとんどいないのですよ」

と加藤が言った。

「臭いだけじゃないかも。魚は何かの気配を感じ取って NIRAI に寄りつかないんだ……」

「……深層水に溶けているガスが原因とは考えられませんか?」

「実験に使用する時にはほとんど抜けているよ」

「……そうですね」

原田が椅子から立ち上がりボードの前に立って図を描き始めた。

「……私は、こんなことを考えてみました。……まず、私どもが行ったウニの実験の事実はそのまま受け入れるとしましょう。つまり深層水は生命にはマイナス要因として作用する……このまま論を進めると深海魚しか海には棲めなくなりますけれど……。そのために、深層水について基本に戻って考え直してみたいのです。自然界の海の中で、深層水が表層海域に上がってくる、つまり湧昇現象というのは〈深度について純粋〉だろうかということです。」

「〈純粋〉ってどんなこと？」

テーブルに腰を掛けた金澤が質問した。

「つまりこういうことです。私どもは深度０ｍ、５００ｍ、１０００ｍ、１５００ｍというようにそれぞれの深度の深層水を採水してウニの実験をしてこの間の結果を得たわけです。純粋というのは特定の深度１００％の海水という意味です」

原田は続けた。

「……自然界の湧昇は、いろいろに異なった深度の海水が混ざり合って上がってくる現象、これが湧昇の正体ではないかと思います」

「つまり、こういうことですか。原田さん！」

加藤が割って入ってきた。

「深度毎の深層水つまり単層の深層水は生命に対してマイナス要因として働くが、混ざり合った深層水の湧昇はプラスに作用する、こういうことですか」

「……その通りと思う。どちらも深層水の働きであることは変わりないことではあるが、巨大な漁場に関わっている深層水は、自然の湧昇現象で深度を異にする深層水が複雑に混ざり合った結果の深層水なのだと思う。私どもが採水器でとる深層水は特定の単層の深層水で、深さの混ざっていない深層水さ。……自然湧昇のメカニズムの中に海の基礎生産を引き上げられる秘密が隠されていると言えないだろうか。つまり、NIRAIが排出している深度６００ｍの深層水は単層の深度のためにマイナスに働いていると考えられないだろうか？……」

「それじゃ、深度の純粋枠つまり単層じゃなくすることによってウニの発生異常を正常なものにできるってわけですか？」

古波蔵が少々嬉しそうに話した。

「……先日採水した深層水がまだ残っているだろう。早速試してみようじゃないか」

金澤が立ち上がりながら行動を促した。

「……でも部長、深層水の湧昇っていうものは深度別の混合割合が皆目検討がつきませんし全くわかりません」

「……取りあえず、混合割合を一定にして、例えば1対1……のように試してみてはどうだろうか」

「……少々、考えさせて戴けませんか。……計画を練ってみます」

４人はそれぞれの部屋に帰っていった。原田は、NIRAIの資料室に立ち寄りほとんど手にしなくなっていた海水化学の本をめくった。

4　新たな実験

原田は海洋生物学を学んだが、海水化学の分野は専門ではなかった。こうして個室の蛍光灯の下で専門書を開くのも久しぶりであった。

ドアのノックがした。

「すみません。加藤ですがよろしいでしょうか?」

原田は加藤を部屋の中に入れると、折りたたみ式の椅子をテーブルの横から取り出しそばに置いた。

加藤は座りながら言った。

「原田さんの湧昇メカニズムの説明には私も同感です。金澤部長が言われるように採水した深層水を取りあえず1対1で混ぜ合わせることも一つの方法だと思いますが……」

「加藤君の言いたいことも良く分かる。金澤部長は、いろいろ考えることも大事だが、行動を起こすことで新たなヒントが得られる……一歩を踏み出せと勇気づけてくれたのだよ」

原田は、資料室より借りてきた本を加藤に示して言った。

「……加藤君は深層水をどのように理解している？」

「……どのように理解しているかと質問されましても……正直、勉強不足です」

加藤は返答に躊躇していた。

「海水は、深度が深くなるにつれて肥料分である栄養塩濃度が高まることは周知の事実であるが、深度と濃度は比例しない。沖縄はフィリピン海に面しているが、西太平洋の海水の鉛直分布を調べた図がこの本に載っている。栄養塩の代表格である窒素分、リン、珪素は濃度がそれぞれ異なるが大局的な見方をするなら、表層ではほぼ０であるが深度が増すにつれて濃度は増す。しかし、深度１０００ｍ付近を境にして濃度の増加は緩やかになり、３０００ｍと５０００ｍとではあまり大きな濃度の差はなくなっている。一方、マグネシウムやカルシウム、ナトリウム等は表層も１０００ｍも５０００ｍもほとんど濃度の変化はない…………。

また、酸素やアルミニウム等は表層のほうの濃度が高いが、１０００ｍに向けて下がり、それより以深では濃度が徐々に高くなっている。……さっきからこの元素の鉛直分布図を見ていたんだ……」

加藤はうなずきながら顔を縦に数回振った。原田は更に続けた。

「先ほどの話だが、漠然と深度の異なる深層水を混ぜても自然湧昇の解答は引き出せないと思う。……この点は加藤君の疑問と同じだ。深層水に深度毎に色分けがしてあるのなら混合割合も分るかも知れないけれど、ご承知の通り深層水には色も味も区別を付けられるようなものは何もない。特定の深度の深層水を採水して成分を計ってみたらこれこれしかじかでしたと言っているのが現状。混ぜてしまったら分析なんかしたって分からない。……この鉛直分布図から、深度１０００ｍ付近が濃度の変曲点と考えるんだけど、どうだろうか……」

　加藤は返答できず黙っていた。

「物事が複雑な時は単純化するのが原則だから、思い切って自然湧昇の深層水の混合を深度０ｍから１０００ｍの海水と１０００ｍ以深の２種類の海水で行ってみようと考え始めていたところだよ。０ｍから１０００ｍのグループの代表としてNIRAIが取水している海水である６００ｍを、もう一つは深度２０００ｍの深層水ではどうだろうか……」

　加藤は答えられなかった。少し時間が経過した。

「……考えたんですが……混ぜるためには最低２種類が必要ですね。２種類の海水では即自然湧昇とは行かないかも知れませんが、湧昇のメカニズムに近づくことは出来ると思います」

　原田は黙っていた。


　朝食を済ませて、４人は実験室に集まった。

「先ほどの原田の計画では、深度６００ｍと２０００ｍの海水を混ぜてみたいとの考えなんだが、誰か意見は？」

「６００ｍと２０００ｍの海水を混合する考えは、実は昨夜、原田さんから初めて聞かされました。

賛成です」

原田は、海水中の元素の鉛直分布図を全員に配り、深度600mと2000mの海水を混合する理由について説明した。

「……僕も基本的に原田さんの考えに賛成ですが、混ぜる割合はどのようにしますか？」

「古波蔵君の指摘だが、取りあえず9:1、8:2、……、2:8、1:9の9通りの組み合わせを計画したい。ウニはまだ有るので、前回と同様に未受精と発生異常をカウントしよう」

金澤は古波蔵のほうに視線を送った。

「……2000mの深層水は僕たちが取って来ます」古波蔵と加藤は積極的だった。

深度600mと2000mの海水を用いる根拠はしっかりしたものではなかったが、深度600mを外して他の深度の海水を用いることは現状のNIRAIの取水の関係からも出来なかった。しかし、この2層の組み合わせでウニの卵の未受精や発生異常を解決出来るほどの自信は原田にもなかった。金澤にしても後戻りの出来ない状況であった。もし、何らかの変化が生じたらと考えるだけで、きっとそこから解決への道が開けるのではと一縷の望みを持ちつつも、しかし、すぐにその希望を打ち砕くような不安が原田と金澤を襲った。

海水は43億年の長きにわたり化学的に安定であったことは確かだろう。安定であったからこそ生命が発生し、進化し、今日の多様な生物界を構成しているのだ。もし、43億年間の安定な海水を混ぜてなにがしかの変化が起こりえるならば、その変化は生命の発生に根幹から関わるものであるに違いない。

翌日、古波蔵と加藤は小型調査舟で前回と同じ地点で深度2000mの深層水を採水した。

実験室に運ばれた深度2000mの深層水は濾過され三角フラスコに保存された。深度600mの海水も冷蔵庫から出されテーブルの上に置かれた。原田は、600mと2000mの海水の混合比にそって飼育器に番号を付け、海水を注入していった。そして洗浄したウニの卵を添加し、濃度を調整した精子を添加した。そして最後に飼育器を恒温器に入れた。

金澤を除く3人はそれぞれに分担して実験を進めた。2時間が経過し、半分の飼育器に加藤によりホルマリンが添加され固定された。原田が顕微鏡で未受精卵のカウントを行った。前回と同様に古波蔵がパソコンの表計算ソフトのグラフで展開していった。

未受精卵の出現率の結果は前回とほとんど変わりはなかった。原田は無言であった。金澤が力なく言った。

「……前回とほとんど同じだ……」

〈……深層水の組み合わせに問題があったのだろうか……〉

原田は頭の中で実験の手順について整理していた。間違った点はないか、添加量の確認等に慎重を期したが、見落とした事柄は思い浮かばなかった。ウニの卵の鮮度は確認したか否か、気持ちが方々に散り、なかなか思考の整理がつかなかった。

原田達は発生異常の実験までの46時間を緊張と不安な気持ちで過ごした。お互いに声も掛け合うことすらなかった。

今度は金澤が顕微鏡に向かった。カウント数は好転しなかった。

状況が変わったのは、顕微鏡で観察するマイクロ飼育器の残りが少なくなった時である。金澤のカウントの声がゆっくりになり、小声になった。

「……うーん、少ない。……少ないぞ……少なくなっているぞ」

「原田、このサンプルの混合比は?」

「……600mが3で2000mが7です」

金澤は残りの2つのサンプルをカウントしたが、発生異常の数値が少なかったのはマイクロ飼育器の上蓋に「7」と書かれたサンプル1つであった。

7番サンプルは、未受精卵の発現率は他の組み合わせと同じく高いが発生異常値は唯一低かった。

「原田、追試だ」

「原田さん、糸口が見えそうですね」

古波蔵と加藤が言った。

「これからだよ……これから……慎重に行こう」

原田は、発生異常値の低さのことよりも深度の異なった海水を混ぜることにより現象が起こることのほうに内心興奮した。

　金澤が言った。

「NIRAIが放出している深度６００ｍの深層水がウニの卵にマイナスに働いていることはこれまでの実験でほぼ確かめられたと思う。恐らくプランクトンにも同様にマイナスの作用を及ぼしていると見られる。……原田からの提案で深層水を混ぜ合わせる実験を進めているが、まだ完全とまでには至っていない。７番仕様のサンプル数を増やして実験してみよう」

　金澤も極めて慎重だった。


　加藤が是非手伝いたいとの申し出により、深層水の混合は加藤が担当し、ウニの卵の調整は原田が行う段取りで実験が開始された。

　使用する全海水は1サンプル当たり２mlと前回及び前々回と同じである。深度６００ｍの海水が３で２０００ｍの深層水が７の割合の場合、６００ｍが0・6ml、２０００ｍが1・4mlとなる。加藤は表層水の対照区を含む計20個のマイクロ飼育器に素早くそれぞれの海水を注入し、原田にバトンタッチした。

　原田は、ウニの卵の調整を終え、恒温器にマイクロ飼育器をセットした。

「さぁ、これで完了だ。後は2時間後と48時間後のホルマリンによる固定のみだ……」

　原田と加藤は実験室を後にした。

2時間が経過し、原田と加藤が10個の飼育器の蓋を素早く開けてホルマリンを添加した。金澤と古波蔵も実験室にやってきた。

未受精卵のカウントは原田が担当した。数値は予想した通り対照区が低く、試験区は高かった。

「……明後日が楽しみだね」

古波蔵が、測定したマイクロ飼育器を片付けながら話した。

夕食の食堂で、原田、金澤は久しぶりに船長の新垣清次と会った。新垣は身長が180cmはあろうか大柄な海の男といった感じだ。白色の制服が良く似合っている。

実験のことについて話し合っていた原田と金澤の所にやってきて新垣は、にこにこ顔で軽く会釈をした。

「隣は空いていますか？」

「どうぞ。船長」

原田は船長にコップに冷水を運んできた。

「……ありがとう。ところで、フィリピンの東海上に台風が発生したようで、数日後からNIRAIに影響があるかも知れない……」

「それは幸運です！……始めて潜水艦に乗れます……」

と、金澤が言った。

「金澤先輩も僕もまだ潜行したNIRAIに居合わせたことがないんです」

「台風の進路を見極めて、NIRAIの深層水放出を一時ストップする予定です。事前に皆さんに艦内放送で連絡しますが、実験のほうもその手はずでお願いしますよ」

新垣には、金澤達が今進めている実験の内容については知らされていない。

NIRAIでは運行と研究の横の連携はあまりなく、定時の海域調査の場合のみクレーン操作に船長の新垣に前日までに連絡することになっていた。

食事が済み、NIRAIの甲板に出てみた。NIRAIから放出されている海流が大河のようにはき出されていた。

「……雲の流れが変わりましたね」

「そうだな。来るかな」

「来そうですね」

2人は雲の流れを追うように黄昏れ色の空を見上げていた。

原田はなかなか寝付かれなかった。ベッドに横になって低い天井を見ていた。〈深層水は反応する。どんな反応なのだろうか。化学反応でも熱反応でもない未知の反応だろうか〉

NIRAIのゆっくりとした揺れと規則的な低い振動音が床の下から響いて、原田はいつしか深い眠りに入っていた。

原田は、残りのマイクロ飼育器にホルマリンを添加し終えた。周りでは金澤たち3人が顕微鏡、パソコンを立ち上げている。

原田がカウントすることになった。最初は表層水の対照区の飼育器を調べ上げた。

「OK！　次は試験区」

と金澤の声が実験室に響いた。

「1、2、3……」

接眼レンズに展開される変形したり分割異常などの卵を数えて行く。カウントしながら原田はおかしいと思った。異常値が減少していないのだ。

金澤も古波蔵も加藤も何も言わない。

結果は5サンプルとも異常値が高く、前回の低い数値の再現は行われていなかった。

「……どうしたのだろう。卵が古くなったためだろうか」

原田は、深くため息をつき思案した。

他の3人も実験への期待が大きかっただけに急激に萎れていく気配であった。

「対照区の値は正常値であるし……前回のは偶然だったのだろうか……」

〈……どうしたのだろう、失敗か？……〉

原田は実験ノートを確認してみた。加藤がそばに来て言った。

「原田さん、深層水の添加に原因があるのでしょうか……」

「……そんなことはないと思うよ。もう一度トライしよう。幸い、ウニの卵はもう数回分だけ実験できる」

金澤と古波蔵は、原田のことを気遣って実験室から姿を消していた。

「……加藤君、実験ノートを詳細に見ているのだが、深層水に原因があるとしか考えられない……ちょっと思い出してほしいことがあるのだが、深層水の添加順序のことだけれど……」

実験ノートをめくり返しながら原田が質問した。

「添加順序？……？」

「うん。気がかりなことが思い当たったんだ。ここの箇所だ。前回、マイクロ飼育器には先に600mの海水を入れ、それから2000mの深層水を添加したことになっている」

原田は実験屋らしく添加の順序をノートにメモしていた。

原田は、テーブルに開いた実験ノートの前回の箇所を指さすと、長身の加藤が背を丸くしてのぞき込んだ。

「……確か、2000mの深層水が先だったように思います。手前に2000mがあり、少し離れて600mの容器がありましたので……」

と思い出すように言った。

「違いとしてはここの箇所しかないんだ。深層水の添加順序……」

「原田さん、混ぜる順序がウニの発生に影響しているということなんですか？」

「……今はそうとしか言えないよ。それしか考えられない……」

「もう一度トライしてみましょう。原田さん」

加藤の声に元気が戻ってきたようだった。


夕食は食欲がなかったが、金澤たちと深層水の添加順序について語り合った。

「……原田の考えは、自然湧昇は単層の深層水のマイナス部分を補うためにいろいろな深度の異なる深層水が混ざり合って湧き上がる現象であり、今回のウニの卵の実験はその混ざり合う順序の重要さを『自然』が教えようとしていることか……」

金澤が擬人的に話した。

「……前回の発生異常の数値が少なく、今度のは多かったことの違いは、僕が原田さんの添加方法通りにやらなかったこと位しか……」

と加藤が少々頭を下げて言った。

「……海水に混ぜる順序があるなんて大発見じゃないか……」

と古波蔵がコーヒーを飲みながらいうと、

「まだ完全に確認したわけではないから……明日から再度チャレンジ！　よろしく頼むよ」

原田の声が響いた。

実験屋も技術者も結果のフィードバックをもろに受けて悩み、喜び、そして成長して行く。

部屋に戻り、低い天井を見つめて原田は考え込んでいた。

〈……常識的に考えて、順序がある物ってどんなものだろう。化学実験では発熱や爆発の危険があるので混ぜる順序を注意されたが、これは危険の回避についてであり、順序を変えたからといって化学反応が変わって違った化合物が出来たりはしない。……海水は43億年にわたり安定しており、自然界の安定物の代表格だ。順序を変えることで結果が異なるなんてあり得るのだろうか。海水は海の中で全部繋がっているのに……しかし、ウニの例はどうなんだろう。ウニだけが例外というわけではないだろう〉

翌朝の食堂。金澤が話を始めた。

「みんな聞いてくれ。昨夜、インターネットで海水についていろいろ調べてみたんだ。そしたら面白い話があった。50数年前の話だけれど、今の海洋開発資源開発機構の前進の海洋科学センターで人工海水をつくる研究をした。海水を精密に分析し、H_2O の純水、NaCl の塩化ナトリウムというように化学物質を準備し混ぜたそうだが、出来上がった液体は自然の海水とは異質な物で味も異なっていたとのことだ。……現在でも海水は人工的に生成出来ていないそうだ。……原田やみんなへのカンフル剤と思って調べてきた」

「混ぜる順序が如何に大切かということですね」

なるほどと言いたげに加藤が言った。

「……大きく出るけれど、現代科学はまだ海に追いついていないということか。我々は大変大事なことに取り組んでいることになる」

「古波蔵君のいう通りだ。原田、加藤君にもう一度トライしてもらおう」


2人は実験室にいた。

「もう失敗は出来ないぞ……」

「私に深層水の添加をやらせてください」

「念には念を入れて、最初からだ。……慎重に行こう」

深度600mの海水3に2000mの深層水7の割合を添加するグループをAとし、逆に2000mに600mを添加するグループをBと設定した。表層水の対照区も同数設けた。発生異常に絞り実験を行うことに決めた。

マイクロ飼育器を恒温器にセットし明後日のホルマリンの添加を待つことになった。


フィリピン東海上に発生した台風は、徐々に進路を北西方向に向けつつあった。NIRAIは、防衛省の気象回線により気象庁よりも詳細な気象情報を入手することが出来た。気温、風向、風速、波高、潮流までの予測データが次々と送られてきた。

新垣が届いたばかりの気象予報紙を金澤に渡した。

「船長、NIRAIは逸れそうですね。石垣、宮古方面が危なそうですね」

「研究部の職員に潜行はなくなったと伝えてくれ。……がっかりするだろうけど」

NIRAIは台風との遭遇は免れたが、海域は波高が３m以上になって三角波がしぶきを飛ばしていた。

カウントの日が来た。４人は実験室に集まった。原田が顕微鏡の前に座った。加藤がパソコンを担当し、表計算ソフトを既に立ち上げている。金澤と古波蔵は腕組みをしてことの成り行きを見守った。

「最初に対照区行きます」

表層水の対照区は予想通り数パーセントの低い発生率であった。

「次にA行きます」

原田の接眼レンズの下からの声が室内に発せられた。

Aは、深度６００mの海水３に２０００mの深層水７の割合で添加したグループである。

最初の飼育器を顕微鏡にセットするなり、覗き込みながら原田が言った。

「部長、少ないですよ。1、2、3……」

全サンプル5個をカウントし終えた原田が顕微鏡から離れ、変わりに金澤が顕微鏡を覗いた。古波蔵も加藤も覗いた。眼下に丸く見える顕微鏡像があった。

原田は、最後のBグループのカウントを始めた。冷静さを装うが気持ちははやっていた。レンズの向こうには何度も見慣れた変形した受精卵が多く見られた。

「簡単でいいから早速まとめてくれ。夕食後、再度この実験室で検討会と行こうじゃないか。新垣船長のほうにはシークレットだぞ」

原田は、今回の実験の方法と結果のみを一枚の紙に纏めた。

原田の前に金澤が座り、横には加藤、加藤の前に古波蔵が座った。実験の結果を纏めた用紙が原田から配られ、それぞれに見入った。

「ご覧の結果です。……サンプル数はそれぞれ5個と少ないですが、各サンプルには約200個の受精卵が入っています」

「……一番のポイントは、600mと2000mの深層水の混合順序を入れ替えることで発生異常が変わることにある。600mに2000mを添加した場合が表層水に近い。逆はこれまでの深層水と同じになってしまう」

と金澤がまとめた。

「今度の実験を整理すると次のようになります。金澤部長からの提案で、表層水から深度1600mまでの深層水を採水し、ウニの飼育実験を行ったのですが表層水以外の深層水はマイナスとでたわけです。単層の深層水の汲み上げはプランクトンにマイナス作用する……自然湧昇も深層水の湧昇現象でありますがマイナスに作用していない。この違いは、自然湧昇は多くの深度の深層水が混ざり合いながら上がってくることにあるとして、その混ざり合いがマイナスをプラスにしている原因だと考えられるわけです」

と加藤は続けた。

「原田さんからの提案で、海水中の元素の鉛直分布は深度１０００ｍの当たりを境にして溶存濃度が変わっているので、自然湧昇のメカニズムの解明のためにも単純なモデルである１０００ｍより浅い海水と以深の深層水を使う2層の深層水混合飼育実験をすることになったのです。選んだ海水は６００ｍと２０００ｍでした。……ところが、原田さんと僕の混合順序が違ったために異なった結果となったわけです」

「……発見にはこういうことがつきものなんだよ……」

「今、加藤君が説明してくれた内容でよろしいでしょうか？」

じっと腕まくりをして聞いていた古波蔵が軽く手を挙げた。

「確かにものすごく興味のある実験結果だと思います。混ぜる順序の件ですが、分野が全く違いますが数学に次のようなことがあるのを思い出しました。

掛け算でＡ×Ｂ＝Ｃの場合、掛ける順序を変えてＢ×Ａ＝Ｃになります。ところがＡ×ＢとＢ×Ａが等しくならない数があります。ベクトルとか行列と呼ばれるものです。何か似ていると思ったものですから……参考までに」

「実は、私もいろいろ考えたんですよ。順序を変えると変わる物は何かって……」

「しかし、自然湧昇を再現することは難しいでしょうね。どのような深度の深層水がどのような割合で、そしてどのような順序で混ざり合っているのかを解明しなければならない。深層水には番号も色も付いていないわけですから……」

金澤がみんなの顔を見渡して言った。

「実験は十分でないけれど、NIRAIが汲み上げている海水が生物にとってマイナス要因を含む物であることはほぼ間違いないだろう。専門家に話したら散々ケチを付けられるだろうな。ウニだけではだめだ。植物プランクトンで試したか、サンプル容器の洗浄は十分やったか、海水の濾過はどうした、とかね……」

「……しかし、この結果に一番困惑するのは所長と古橋先生じゃないでしょうか。そして予算をつけた国の担当者ですよ。……僕たちも仕事がなくなってしまうかな」

と古波蔵が小声で言った。

「……現状は現状だけど、智慧を出さなければだめだ。与えられた物に対して『何故なんだ』を連発して解明し解決して行かねばならない……一つの『何故』が解決すると次の『何故』が生まれてくる……これが常なんだよ。第一研究部の智慧を総動員してこの困難に取り組んで行かねばならないぞ……人のためも大事だけど、僕たちには明日の日本の食糧確保の有無が託されているんだ」

金澤はミーティングを締めくくった。

5 報告

検討会が終わり、金澤の部屋に原田が来ていた。

「原田君、重い結論になってしまったな……取り扱いをどうしたらいいのか考えているところだ」

「NIRAIに来る前から深層水はおかしいと思っていました。先輩のいう通りウニでは信憑性に欠けると言われるかも知れませんね。……深層水のプロジェクトに関わっている研究者はたくさんいますから。しかし、深層水はプランクトンに悪影響を及ぼすという研究者は以前にはいなかったのでしょうか。私どもが行った実験なんて海洋学では基礎中の基礎ですよ……」

金澤は、部屋の片隅にある小さな冷蔵庫から缶コーヒーを2つ取り出して1つを原田に勧めた。

「……妙な質問ですが、先輩、莫大な予算を投じてNIRAIは何故スタートしたのかご存じですか？」

「……詳細は知らないが、概略は次のようだと古橋先生に教えられた。

君も知っているとおり、本格的な日本の深層水の研究は1970年代の後半、旧海洋科学センターの先駆的な2人の研究者によって始められた。もう60年も前のことだ。私もその一人の方とお会いしたことがあるよ。国内では90年代から高知、富山、沖縄、静岡と公的な研究施設が次々とつくられていった。最も深い取水深度は沖縄の６００ｍだ。本部島に建設された。原田はまだ行ったことがないか?」

「……行ったことはあるのですが、深層水研究所にはまだです……」

「深層水の基礎研究から、いつしか地域の産業振興へと深層水利用が拡大し方々につくられたが、深層水そのものでは起爆剤にはならなかった。それは深層水でなければならないということをほとんど見いだせなかったことにあると僕は見ている。深層水の清浄性は表層水を除菌フィルターで濾せば代用できるし、低水温性は冷房とかに利用できたとしても利用地域が狭く限定されて広がらなかった。最後の富栄養性は、このNIRAIが目指しているものだが、いろいろ紆余曲折があったようだ……」

「紆余曲折?」

「そうだ。NIRAIのようなシステムは過去に2回試みられている。第1回は、90年頃越後湾で行われた。第2回目は東海湾で行われている。NIRAIの取水深度と異なり随分浅く２５０ｍから３００ｍだったそうだ……」

「……随分浅いですね」

「予算的な制約と聞いている……結局、肥沃化の成果は分からずじまいで終わってしまった。大手の機械メーカーが参加して進められたが、機械の性能試験でしかなかったのかも知れない。……今もそうだが、海洋肥沃化は基礎生産物である植物プランクトンの量で全てが決まる。つまり深層水に含まれる栄養塩の濃度と、汲み上げた深層水の量が全てだ。その〈マス〉でのみ海洋肥沃化がなされる。潮流で、汲み上げた深層水が流され、濃度が希釈される。古橋先生に聞いたのだが、2回目の実験は日量12万トンの深層水を4ヶ年にわたり東海湾に放流したが、栄養塩の濃度が低かったことと海域への拡散が大きく実質的に目的は達成されなかったとのことだ」

「……なるほど、それでNIRAIは取水深度を深くとり、深層水の汲み上げ量も100万トンと大きなわけなんですね」

「しかし、多量に汲み上げれば汲み上げるほど冷たい深層水を表層に止めておく貯留が困難になる。NIRAIでは深層水の沈降を防ぐために表層海水との熱交換を効率的に行うシステムが取り入れられている。古波蔵君達の測定でも数十キロ下流まで深層水が滞留していることが確認されている」

「……深層水には肥料分の栄養塩が豊富ですが、拡散からの希釈を防ぐために大量の深層水を汲み上げて、何とか実用の道を開きたいというのが国の考えであり、1990年代から延々と続く夢なのですね……」

「……その通りだと思う。国は海洋タンパク資源の確保に本腰を入れ始めた。大国中国は東シナ海を囲い始めたし……」

「確かに深層水は海に眠る資源ですが、自然湧昇と人工湧昇とではだいぶ違いますね。……深層水に含まれる栄養塩の量だけに注目して肥沃化を計画した結果でしょうか……」

「そうだろうな。……この道の大家の古橋先生でも今回の実験結果には困惑するかも知れないよ……」

「先輩、どうするつもりですか」

「……まず、所長に相談してみるつもりだ。君も同行してくれよ」

所長の石原良平はNIRAIプロジェクト委員長の古橋とは大学で同期であった。所長室は、研究所3階の東側に位置してフィリピン海と沖縄本島北部の山並みが見渡せた。石原は、暑くともいつもきちんとネクタイをしていることで几帳面さをアピールしていた。所長室のドアには禁煙の二文字の標識が接着剤で強く貼り付けてあった。

石原は受話器をとるとボタンを軽く押した。

「又吉君、金澤部長は11時の約束だったね」

「はい、11時です。先ほど部長から連絡が入っております。お時間通り伺うとのことです」

金澤と原田、そして古波蔵、加藤は予定の15分前に研究所に到着した。昨日、南星丸でNIRAIより2週間振りで帰ってきた。古波蔵と加藤も交代要員の到着で一緒に帰ることが出来た。2人にとってはほぼ1ヶ月ぶりの研究所だ。

研究所は海岸の小高い丘に建てられ、南星丸が係留する桟橋とは100mも離れていない。研究所と桟橋を結ぶ道路の両側にはソテツが植えられ、緩やかなカーブを見せている。

金澤達と古波蔵達は玄関前で別れた。

「5分前に僕の部屋に来てくれ。待っているよ」

「はい、先輩……部長、わかりました」

原田は2階の研究室に入り、「ただいま」の声を仲間数人に掛けて、リュックサックを机の脇に置いて椅子に深々と座った。2週間振りに我が家に帰ってきたという感じがした。そして、ボードの氏名欄の〈原田〉のところに置かれていたマグネットの名札〈NIRAI〉を外し、〈在室〉を置いた。

原田は、靴だけを履き替えて同じ階の部長室に向かった。


秘書の又吉よし子はニコッと挨拶をすると腕時計を見た。

「金澤部長、少々お待ち下さい。原田さんもご一緒ですか」

又吉は、所長に電話で連絡を入れると、2人を案内した。

「やぁ、金澤部長。久しぶり。原田君も一緒か。ご苦労だった。まぁ、座りたまえ……」

クーラーが効いてヒンヤリするほどの部屋で金澤と原田は白いカバーの糊が硬く効いたソファーに腰を下ろした。

「NIRAIは如何でしたか？　私も先週まで東京に出張で、古橋君とも会ってきたよ。NIRAIのことで来年度の予算も含め、話してきたところだ」

「古橋君も大変な喜びようで海洋局から2度ほど呼ばれたと言っていた。HALUSAER計画にかける国の期待も相当なものがある。外国からも問い合わせも来ているとのことだった……」

2人は石原所長の話を神妙に聞いていた。そこへ又吉秘書がコーヒーを入れてくれた。

「ところで2人揃って、私に何か用件でもおありか？……又吉君のコーヒーは人気がある。コーヒーでも飲みながらNIRAIの土産話でも聞きたいものだ」

「戴きます」

金澤は砂糖とミルクを、原田はミルクのみを入れ軽く混ぜた。3人はコーヒーカップをおもむろにとって口元に運んだ。

「……NIRAIに行ってきました。2週間ほどの滞在でしたが、NIRAIは順調に深層水を放流しています。……実は、他でもない海洋肥沃化の進捗ですが、NIRAIが設置されて3ヶ月以上経過しますが、まだ明確な肥沃化の兆しは掴めない状況にあります……」

「……古橋君も話していたが、潮流による深層水の拡散が大きく、栄養塩がなかなか植物プランクトンに取り込まれないというじゃないか。リモートセンシングの隅田渉教授からも連絡が入っていてクロロフィルａに動きはまだないとのことだ。現地調査の結果も一緒だろう」

「……えぇ……」

「……これまでの海洋肥沃化は、浅い海域から深層水を汲み上げたために栄養塩濃度が十分でないことと、汲み上げた深層水の密度の違いからくる沈降によりプランクトンに栄養塩が取り込まれにくかったことが原因で芳しくない結果に終わっている……まぁ、NIRAIは過去の鉛直方向のリスクを改善し、栄養塩の濃度も確保したので大丈夫と考え予算化したものだ。潮流による栄養塩の拡散は、揚水量でカバーできると計算されているが……」

「……所長、引き続きNIRAIの観測を続けていきます」

「原田君も一緒にNIRAIに行ったと聞いているが……」

「はい、金澤部長に同行させて戴きました。個人的な考えなのですが、申し上げてもよろしいですか？」

「何でも話してくれたまえ。遠慮せずに」

その時、間を置かずに金澤はソファーテーブル下の原田の靴を2度軽く踏んだ。

「……100万トンの汲み上げ量は古橋先生のご提案なのですか？」

金澤は心の中でホットした。

「古橋君と私の提案だよ。これまでは12万トン止まりだったからな。12万トンでは外洋では潮流の拡散でプランクトンが栄養塩を取り込めない。100万トンでも辛うじての数値だ。安全を取って200万トンを汲み上げる装置の予算化を国に要請した。……結局100万トンになってしまったが……NIRAIは海洋肥沃化のエクスプローラーになるべきシステムだ。汲み上げる動力源は化石燃料の燃料電池で行っているが、ゆくゆくは太陽光による水の電気分解による化学エンジン、ないしは風力発電などを予定している。波力も候補の一つだ」

「…………ありがとうございます……」

「海洋肥沃化は日本の食料確保がかかっている。頑張ってくれたまえ」

金澤と原田は所長室を後にした。

又吉が「頑張って下さい」と励ましの言葉を所長室から出てきた2人に送った。

「原田、ちょっと部屋まで来てくれ」

原田は無言で金澤の後を追った。2人は部長室にある長いすに並んで座った。

「……分かったろう。HALUSAER 計画の軌道修正は難しい……」

「…………」

「……巨大なマンモスに素手で立ち向かうようなものだ。深層水の沈降は解決した。拡散による濃度の低下を防ぐために膨大な深層水を汲み上げようとしたのが HALUSAER 計画の NIRAI なんだ。国にとっては3度目の正直でもあり、25年ぶりの再チャレンジだ」

「……しかし、ますます深みにはまろうとしています。現場で関わっている者として責任を感じます。深層水を利用しようとした動機は良く理解しているつもりです……譬えですが、深いところにある深層水を引き上げようとしたが、深層水はゴムのようにねばねばしていた。深層水を引き上げたとすると深いところの深層水に引っ張られて戻ってしまう。何とかして引き戻されないようゴムの紐を切ることに成功したが、今度はガスのようにどんどん広がって希薄になってしまうことが判明した。希薄のスピードよりも速いスピードで深層水を供給することで希薄を帳消しにしようということですよね……たくさん穴の開いた風船にどんどん空気を吹き込んで膨らまそうとしているのが NIRAI のような気がします。……ところがようやく掴まえることができた深層水は毒を持っていたということです。解毒するためには〈自然湧昇〉という自然の摂理を研究する必要がある……こういうことでしょうか……」

「原田にしてはうまい譬えじゃないか。さあ、どうやって深層水が毒を持っていることを知らせるかだ。

そして、次にしなければならないのは毒消し作業だ。

……大変な仕事になる。場合によっては、はじき飛ばされるかも知れないな。毒消し作業は過去に例のない作業だ。全く予想できない結果を産むかも知れない……」

金澤にも原田にも巨大なモンスターを見上げてひるんでいる自分の姿が想像できた。しかしその一方で、わくわくするほど面白いテーマと出会うことが出来た歓びが全身を駆けめぐっているのがわかった。

「先輩、チャレンジしてみましょう！」

「よーし、やってみようじゃないか！　原田！……一生一代の大仕事だ」

6　光明

7月に入り、東京は空梅雨で暑い日々が続いていた。

古橋正一は、教授室のパソコンに向かっていた。パソコンは〈新しいメールが届きました〉のメッセージがついさっきもアナウンスされたばかりである。古橋はそれを無視してキーボードを叩いていた。HALUSAER計画の委員長に就任してからは、海洋局との打ち合わせや防衛省幹部へのHALUSAER計画のレクチャーに追われていた。マスコミの取材申し込みもあり多忙を極めていた。

古橋は、大学を卒業すると恩師の推薦でアメリカの西海岸にある海洋研究所に留学し学位を得た。その後イギリスの大学で教鞭と研究をすすめ、この分野では第一人者となった。日本に帰国して15年になっていた。

「先生、電話ですけど」

秘書の森下百合が隣の研究室から顔だけ出して告げた。

「誰からですか?」

「沖縄の海洋科学研究研のハラダさんと言っています」

「はい、わかりました」

古橋はキーボードを叩くのをいったん止めてパソコンの左奥の電話に手を伸ばした。「古橋ですが」という通る声である。

「海洋科学研の原田です。ご無沙汰しております。……先生、来週上京の予定があるのですが、お時間ございますか?」

「ちょっと待ってください。……木曜日の午後ですと大丈夫です」

「ありがとうございます。木曜日の午後3時頃に先生の研究室にお伺いしてよろしいですか」

「……研究室よりも外でお会いしましょうか。4時に如何ですか?……JR東京駅近くの八重洲ブックセンター1階でどうでしょう」

「分かりました。よろしくお願いします」

原田は4時15分前に3階の専門書コーナーより1階のロビーに降りて古橋を待った。木曜日の夕方近くでブックセンターは賑わっている。

道路を挟んだ東京駅側の横断歩道で信号待ちをしている古橋を原田は見つけた。

「先生、忙しいところお時間を戴きありがとうございます」

「原田君、お元気でしたか。貴方のご活躍は石原所長からいろいろ聞いています。

NIRAI の調査よろしく頼みますよ。……どっか喫茶店に入りましょうか」

2人は八重洲地下街へ階段を下りていった。

「私も一度は NIRAI に行かなければと思っているのですが、なかなか時間が取れなくてね。……NIRAI の状況は如何ですか？」

と、古橋は濃いめのコーヒーを口に運びながら原田に尋ねた。

「……はい、6月中旬に NIRAI に金澤部長と滞在しました。……先生にお時間を戴いたのは、実は NIRAI のことで申し上げたかったからです。正直、どこから申し上げていいのやら迷っていますが。……先生は科学者として海洋肥沃化のご研究を続けて来られたと思います。日本の深層水を利用する海洋肥沃化の研究経緯は金澤部長から聞いたことがあります……」

原田は古橋への言葉の出だしを選びながら始めなければならなかった。

「……私は、今年2月に NIRAI が設置されて以来、調査に関わってきました。4ヶ月を経過し現場で詳細を見てきたつもりです。個人的な意見なのですが……」

原田の言葉を一言一言聞いていた古橋は、原田の話の間が空くのを見計らって低いが澄んだ声で原田の顔を見つめつつ話した。

「原田君、HALUSAER 計画は学問よりも政治的な色合いが強いものになってしまったのです。石原君ともこのことでは計画以前よりたくさんの時間を費やして議論しました。10月の中間報告会まではまだ時間がありますが、原田君が危惧していることと私が思っていることは多分同じだと思います……」

「…………」

「……深層水で食料を増産することは原理的に単純なようで、本当はそんなに容易なことではないと思います。まぁ、今のNIRAIは汲み上げる深層水の量を増やせば植物プランクトンが増え、鉄が足りなければ添加すればいいとの考えの上に実現したシステムです」

「……先生、正直に話させていただきますが、NIRAIのシステムでは海洋肥沃化の実証は難しいと思うのです……」

「……そうですか。計算上は十分可能であっても、自然は計算式に乗らない要因が多々あります。培養不可能菌などはその代表例でしょう。

……私が危惧したのは、６００ｍの海水を汲み上げた場合、表層が酸欠状態に陥って好気性である植物プランクトンの増殖が疎外されるのではと考えたことが一つあります。実験室では６００ｍの海水の栄養塩濃度は再現できます。酸欠の深層水も可能です。しかし、実験室の閉鎖系で海の解放系を再現することは多くの困難を伴います。……今のNIRAIはその悪いほうの例と申せましょう。

……しかし、NIRAIはまだ誕生したばかりです。改良も改善も出来ないと固定して考えることは全くありません。……国はどうしても実証し食料生産に道を開きたいとの意気込みです。後戻り出来ない状況にあります。予算は今後とも確保すると言っています。初代の委員長として、NIRAIを海洋の肥沃化が可能な基本的なシステムとして世に送り届けたいと考えています……」

「……先生のお話を聞きまして、少し安心しました。一挙に多額の予算を使って膨大な量の深層水を汲み上げるシステムを作った裏には何かがあると考えていたものですから……」

「……確かにそうです。最初に申し上げましたようにNIRAIは政治的に予算化されたものです。業者であるメーカーもいろいろ動いたと思います。

私と石原君は海洋局々長の海老原さんと何度も打ち合わせを行いました。政治的であれどうであれ、日本の今後の食料生産の一役を担うのは海の利用であり、深層水の利用が最も可能性を持っていると見ています。……それ以外には考えられないのです。……過去に成果を出せず忘れ去られていた深層水を新しい目で眺め、研究者の私どもでは僅かの予算しかもらえないが、国の最初の動機は別としましても、深層水に大きな予算がつくのなら軌道修正は私どもが行って、後生の人々にバトンタッチしようと作戦を練ったのです……」

「……そうでしたか……」

「原田君も承知の通り、NIRAIは予想するような海洋肥沃化はまだ達成されていません。クロロフィルの件でリモートセンシング技術の隅田教授からも連絡を戴いていますが、衛星情報ではまだ未確認のようです。……原田君のような積極的な若い研究者に参加してもらったことに私は大変喜んでいますよ。……プロジェクトの成功、不成功はほとんどが人に関わることが大きいのです。……石原君も十分承知していますよ。……海洋肥沃化は既成の知識だけでは難しいでしょう。アメリカは海には相当の予算を使っていますが、深層水を使った植物プランクトンの増殖事業はほとんど諦めています。温度差発電の実証試験も正式には中止されていますが、細々とまだ続けてはいます。しかし国の威信をかけたものではありません。

原田君も知っていると思いますが、アメリカは農業国で世界の食糧生産の動向を左右しています。自国の安全保障の上から食糧の確保と食糧カードを使った外交を展開してきた国です。そのアメリカが深層水を利用した食糧生産の研究開発に乗り出していないのはどうしてだと思いますか？」

「……採算が合わないからでしょうか」

原田は古橋の話す勢いに押され気味だった。

「それもありますが、アメリカは過去10年ほど深層水の基礎研究、特に工学的なアプローチから内密にして進めてきた経緯があります。結局、諦めたのです。

はっきり分かっていることの一つは、ハリケーンなどの厳しい気象条件を満たす海洋構造物の建設が困難であると判断したことです。……これは原田君のいう採算性につながるものでしょう」

「でも先生、アメリカの力を持ってすればハリケーンが発生しない他の海域で進めることも出来たのではないでしょうか」

「それも考えられますでしょうが、もう一つは潮流による深層水の拡散を防げる目処が立たなかったことと、動力源の確保が困難であることが上げられます」

「……実は、私もNIRAIに滞在しながら同じようなことを考えていました」

「アメリカは深層水利用の開発を止め、ほとんどのパワーを陸上の作物に注ぎ込んでいます。基本は環境ストレスに強い作物を作ることです。その中心は遺伝子工学です。アメリカには広大な土地があります。……我が国の食糧生産は、土地の有効利用は重要ですが、面積の広さから言っても海に求めるべきだと……ほとんどの人が認めていますが、ハードルは極めて高いのです。……HALUSAER 計画について各国は表向き賞賛していますが、本音は失敗するだろうと見ています。しかし、実はどこの国も興味をもって見ているんですよ」

「アメリカは工学的アプローチをしたわけですか。……現実的ですね。

……先生を困難な深層水による海洋肥沃化に駆り出すエネルギー源は何なんですか？」

「……自然は確かに深層水を表層に持ち上げて魚等の生産をしています。前に閉鎖系と解放系の話をしましたが、自然には出来て人間では無理ということはないと思います。メカニズムが未解明ならチャレンジして解明してやろうと思うのは科学者の努めと考えています」

「……先生は、自然の海洋肥沃化のメカニズムの糸口でも掴んでいるのですか？」

「……残念ながらまだです。……若い金澤君、原田君達に見出してほしいと願っています」

原田は、チャレンジすることに奮い立たされた気がした。

「お腹も空いたことだし、どこかで食事でもしましょう」

古橋は先に席を立ってレジのほうに歩いていく。その背中を見ていた原田は、改めて古橋、石原が立ち向かっている困難な壁に、自分も渾身の努力をしなければならないことを痛感し、古橋達と知り合えた幸運を噛みしめていた。

喫茶店の数軒隣に和食のレストランがあり、2人はそこで夕食をとることにした。

「……先生、奥様がお待ちかねじゃないですか？」

「いつも帰りが遅いから、気を遣わないでください。それよりビールでも飲みましょう……三つ星ビールはありませんけれど……」

冷えたビールは緊張した原田の乾いた喉を潤した。

「……ところで、私は深層水の海洋肥沃化を阻む一つの壁は深層水そのものの酸素濃度が低いことが問題と考えています。……エアレーションを施せば規模が小さい間は問題はないかも知れませんが、NIRAIクラスともなりますと多くの困難が伴うはずです。まして実用化に当たってはNIRAIの何百倍、何千倍の深層水を必要とします。……原田君はNIRAIの現場でどのようなことを感じ取ったのですか？」

「……はい、先生。実はNIRAIの海域には魚がほとんど寄りつきません。沖縄では浮き魚礁、沖縄では方言で〈パヤオ〉と呼んでいますが、２００基近く沖縄本島の周辺海域に設置して漁民は漁をしています。一種の集魚効果です。NIRAIはこうした浮き魚礁よりも大きいので集魚効果も高いのではと思えたのですが、さっぱりです」

「NIRAIが放流する深層水の音が原因ではないですか？　あるいは酸欠が原因とかは考えられませんか？」

「……ええ、NIRAIの潮流による潮下だけではなく10 km四方にわたって調査しましたが原因は掴めておりません。NIRAIで汲み上げた深層水を研究所に持ち帰り、植物プランクトンの増殖実験を行ったところ奇形や変形のプランクトンが増えていることが判明しました。先月、古橋先生が会議のために沖縄に来られる前の週のことです。……その後NIRAIに行き、金澤部長とムラサキウニの卵を用いて受精と発生の実験を行いました。……結果はプランクトンの場合と同じでした……原因を突き止めるために表層から深度２０００ｍの海水を採水し、同様にムラサキウニの卵を用いて実験をしました……」

古橋は原田の話を静かに聞いていた。

「おまちどおさま！　はい、八重洲定食です」

と女性店員がお膳２つを運んできた。店員は、お勘定の紙をエプロンのポケットからとるとテーブルの竹筒に丸めてさした。原田はその紙を取ろうとしたが、古橋の手のほうが速く、紙をとると背広のポケットに入れた。

「原田君、食べながらお話を聞きましょう」

「先生、恐れ入ります。戴きます」

原田は箸を口元に運びながら話を続けた。

「奇形、変形が一番少なかったのは表層水でした。深層水は深くなると卵の異常値が増える傾向にありました。自然湧昇海域ではプランクトンの異常などはほとんど発生しませんが、実験的に採水した深層水では異常が発生したのです……。先生、このような例は他にご存じですか？」

「……初めてですね」

「……そして……深層水の自然湧昇は、たくさんの単層の深層水が混ざり合ったものと解釈し、NIRAIの深度６００ｍと２０００ｍの深層水を採水し、再びウニの受精と発生の実験を続けました。その結果、面白いことが分かりかけてきました。深層水を混ぜる順序でウニへの効果が変わるのです」

古橋は落ち着いていた。

「……NIRAIの６００ｍの深層水だけではだめでしたか」

「……現状では困難でした」

「……料理が冷めます。食べましょう」

「原田君の深層水の話を聞いていて私の恩師の話を思い出しました」

古橋は、湯気が昇らなくなった吸い物に箸を入れ、一口すすった。

「私がまだ学部生の頃ですが、３年生か4年生の頃と思っていますが、恩師に連れられて大学の近くの居酒屋に行き、初めは地球の環境問題についてわいわいやっていたのですが、誰彼ともなく話題が深層水に移っていました」

「……」

「確か、２０００年頃、私が生まれた頃ですが、原田君が今住んでいる沖縄で、小さな民間の組織が当時世界で最深の深層水を汲み上げ魚の鮮度保持の技術開発に成功したというんです。……それも原田君が頭を悩ませている2層の深層水を使ったそうです」

「……2層ですか？……」

「……学会での発表もされていないから真意のほどは分かりませんけれどね」

「40年も前のことだから組織は存在していないでしょうね」

「原田君は沖縄で耳にしたことはありませんか」

「……ありませんね。私、沖縄に移り住んでまだ1年ほどです」

「……確か恩師は、その沖縄のプロジェクトに関わっていたと話していましたね……」

「……そんなことを行った人々がいたのですね……40年も前に。先生、その沖縄の活動ですが、資料があれば是非見てみたいですね……しかし、沖縄の深層水と言えば本部島しか聞いたことがありません。昨年、沖縄に転勤した時に本部島に行きましたけれど……もう一つの活動があったなんて不思議ですね」

「……どのような考えをもとに深層水に関わっていったのか分かりませんが、興味のあることです。深層水を使って魚の鮮度保持を行ったとのことですが、魚の鮮度保持は人で言えば臓器保存の技術ですよね。すごい技術かも知れませんが……」

「埋もれてしまったのでしょうか……」

「……何かの参考になればと思います……NIRAIのこと、よろしく頼みます。夏休みに是非沖縄に行きます。石原所長によろしくお伝え下さい」


原田は古橋と八重洲で別れ、大田区東六郷の叔父の自宅へと向かった。通い慣れた路線であった。JR東京駅から品川に行き、京浜急行線に乗り換えて蒲田で降りた。叔父の家は蒲田駅より国道1号線沿いに多摩川方面に約1km進み、小路を左に折れて数十メートル入った木造の2階建ての簡素な住宅である。叔父の原田正美は叔母を早く亡くし、2人の子供があったがそれぞれに結婚し、今は長男夫婦と一緒に住んでいる。仕事も2年前に退職し悠々自適な生活をしていた。

「夕食は済ませてきましたので……東京に久しぶりに出張があったものですから叔父さんの元気な顔を見たくなって寄っただけです」

「東京はとにかく暑くなった。ヒートアイランド現象と温暖化がどんどん押し寄せているみたいだ。まぁ、ビールでも一杯どうだ」

正美は冷蔵庫から缶ビールを取り出して、久しぶりの甥っ子になみなみとついだ。

「武たちは外出している。9時頃にはもどるはずだが」

武は、正美の長男である。

「沖縄はどうだ。慣れたか？」

「はい、暑さにも慣れました。もう1年になります」

「そうか……深層水はうまくいっているか？」

「……まぁ、何とか。生命を創った海を相手の仕事ですから、分からないこともたくさんありますが頑張っています……」

「東京に出張に来た時くらい、寄ってくれよ」

原田は、学生時代、叔父には大変お世話になった。叔母もまだ元気で、週に一回はエネルギー補給のために週末は夕飯をご馳走になった。叔母の揚げ茄子の味が忘れられない。

「そろそろホテルへ帰ります。沖縄の職場の先輩に連絡を入れることになっていますので……」

と言い残して原田は蒲田を後にした。

7　国会図書館

原田は、地下鉄の駅を出て国会図書館に向かって歩いていた。

昨夜、蒲田の叔父の家からホテルに着くなり沖縄の金澤に連絡を取った。

「先輩、古橋先生とお会いし、NIRAIの個人的な話にも耳を傾けて戴きました。先輩が話していましたようにやはりHALUSAER計画は、国の威信をかけた事業のようです。……お会いできて自信がつきました。帰り次第先輩に詳細を報告します……ところで先生が面白い話をしてくれたんです。先輩、驚かないでくださいよ。40年前に古橋先生の恩師が関わった沖縄の深層水プロジェクトがあったそうです……」

「本部島のことだろう……」

「そうじゃないんですよ」

「……本部島以外に？」

「そうです。2層の深層水を汲み上げて魚の鮮度保持技術を開発したそうです」

「？……40年前、沖縄で？……県庁に知り合いがいるから聞いてみるよ……そうだ、原田は国会図書館に行って調べてみてはどうだろうか。もしかしたらその団体の報告書が蔵書として保管されているかも知れない。でも40年前だからなぁ……」

深層水を利用して魚の鮮度保持を行えるとは急には信じられなかった。そもそも鮮度保持とはどのような技術なのか。冷蔵保存と何が違うのだろうか。

鮮度だから魚と関係する技術だろうが、深海に住む魚は皆鮮度が保たれているのだろうか等々、とめどもない文言が頭を駆けめぐった。また、2層の深層水を用いて鮮度保持を実現したとすれば、NIRAIでおこなった深度600m一層でのウニの卵の受精、発生の異常は、深度2000mの深層水を添加したことにより発生異常が軽減されたことを考えると、自分たちの〈2層の深層水〉はまあまあいい感覚をしていたとも思える反面、40年という半世紀前の技術に対する信憑性に疑問を持つのも不思議ではなかった。

40年前に何があったのだろうと、手がかりを求める原田の心は騒いだ。

図書館1階の検索モニターで調べることにした。

〈沖縄県、深層水〉とキーを打ってみたが、検索結果は本部島の深層水研究所の設立に関わる沖縄県の報告書と日本深層水学会の会誌5部のみが表示された。

日本深層水学会も現存はしていなかった。

原田は、日本深層水学会の最も古い会誌を閲覧することにした。

液晶モニターをスクロールすると、学会員名簿が掲載されており理事の欄に古橋教授の恩師の名前も確認できた。

原田は、再度検索モニターにキーを打ち込んだ。

〈沖縄、深層水、久田一之助〉　久田一之助は古橋の恩師の名前である。

――深層水の利用に関する調査研究報告書　沖縄深層水研究組合、平成12年3月【報告書はデータ化されておりませんので窓口にお越し下さい】――

原田はようやく巡り会えると実感した。モニターをプリントアウトして、閲覧の窓口に持って行った。ペーパーを窓口の職員に渡して10分ほどして職員が一冊の報告書らしき書籍を持ってきた。

「この本です」

それはA４版の大きさの青く海の色で表紙がデザインされた２００ページほどの報告書であった。

「全ページのコピーは可能ですか？」

「出来ますが、コピー料金と多少の時間を要します」

コピーには4〜5日要し、申し込み用紙に記入後、コピー料金と沖縄までの送料を支払った。

報告書を閲覧室でとりあえずめくることにした。

報告書は、２０００年に行われた沖縄深層水研究組合の深層水についての活動と成果をまとめたもので、裏表紙には古橋が話していた深層水の採水装置らしい黄色い色の構造物が写真で示されている。半世紀も前の報告書だが、多少表紙の色合いが褪せているが真新しい感じだ。恐らく閲覧する人も少なかったせいだろう。

原田は、組合の住所を報告書の末尾で確認した。

「……浦添市か……」

住所をメモし、再度報告書の最初に戻った。ページをめくっていくと深層水取水装置の概略図が目に止まった。装置は「ソデイカ1号」と名付けられている。

原田の目が釘付けになったのは、ソデイカ1号の海上ブイから下がっている深層水取水管を目にした時である。

古橋が話していた2つの深度から深層水を汲み上げるために細い取水管が2本束ねられている。取水する深度は600mと1400mである。600mは分かるとしてももう一つの取水深度が1400mなのは何故だろうと疑問を持ちながら、素早くメモした。

〈取水管は市販のホースを利用したらしく内径は50mmと極めて細い。NIRAIと比べたらまさしく月とスッポンである。こんな細い管で何が出来たというのだろう〉現代人が過去の技術を調べる中で良く使われる言葉がある。――先人達はないないづくしの環境で……――、原田も何となくそう感じた。

どう考えても深層水を汲み上げるには小型すぎるし、魚の鮮度保持に利用したとしても何十トン、何百トンの漁船数百隻の魚槽への供給は不可能である。

原田にとってソデイカ1号は深層水の常識から遙かに逸脱した物にしか映らなかった。

次に報告書は、ソデイカ1号の設置について纏めてあった。

〈設置した海域は沖縄本島南方30km、水深1800mの地点である。試験装置なのに何故陸地から遠く離れた海域に設置したのだろうか？　近くのほうが深層水の取水に要する時間は節約でき、保守もし易いはずだ〉

そもそも「ソデイカ」の名前の由来は何なのだろうか？　と次から次へと疑問が湧いてきた。原田は、海洋のことは学んだが水産のことは皆無であった。「ソデイカ」はイカの仲間のことぐらいしか知識がなかった。

次に報告書は、海水の古さと魚の鮮度保持について述べていた。

原田が特に驚いたのは、鮮度保持という技術が深層水の毒性から得たヒントを基にして開発されたと述べられていることだった。また、深層水の湧昇の事柄へも言及されている。

何と40年も以前の話である。原田は思った。自分たちが先月NIRAIでいろいろ議論した内容と同じようなことが記載されているのである。〈沖縄に帰ったらNIRAIが汲み上げている600mの海水と1400mの深層水を再度混合して試してみよう。しかし、600mと2000mの深層水の混合をNIRAIで行ったが、ウニの卵の保存効果は起こらず、他の深層水と同じく異常値が多かったはずだが……〉

原田は更に報告書のページをめくった。古文書を紐解くような気持ちであった。原田には馴染みのある画像が目の前にあった。衛星画像写真である。それもクロロフィルの写真である。沖縄本島真南に一点が濃い紺から薄いブルーに変わっている箇所が示されている。そしてそこのポイントがソデイカ1号の設置海域だと記されている。

原田は衛星画像の解像度がどこかに記入されているはずだと思い、ページを戻ったりしてすぐに見つけることが出来た。

「１２００ｍ！」

「ソデイカ1号の海上ブイの大きさは約2・4ｍ！………」

後にも先にもたった1枚の衛星写真である。原田は、ますますソデイカ1号に引き付けられていった。

２０００年の報告書はここで終わっていた。原田はボーと窓越しに見える外の木々を眺めた。

原田は立ち上がり、係の職員に質問した。

「この報告書は２０００年に発行されていますが、続きの報告書はありませんか？」

「さっき書庫に行った時に見たのですが、これだけでした」

少し時間が経って、原田はリュックサックにデジタルカメラを入れていることを思い出した。

「すみませんが、閲覧室で報告書をカメラに納めてよろしいでしょうか？」

原田は職員に尋ねた。

「かまいませんが、他の閲覧者に迷惑がかからないようにして下さい」

原田は、明るい窓際に移動し報告書の要所要所をカメラに納めた。

原田が図書館を後にしたのは午後2時過ぎだった。

8 消失

海洋科学研究所は、2つの研究部と総務部よりなる総勢30名にも満たない5年前に設立された国立の小さな組織であるが、予算規模は数百名の研究所と肩を並べる。原田と古波蔵、加藤達は、第一研究部に所属し、研究部長はもちろん金澤泰男である。第一研究部はNIRAIを中心に活動が集約され、その研究の目標は海洋の肥沃化である。

第二研究部は、熱帯の気象と海象や海洋の環境を研究している。

月曜日、原田は午前7時には勝連の研究室の自分の机に座り、パソコンを前にしていた。モニターにはデジタルカメラの画像が映し出され、5ｍほど離れた大型プリンターが機械音をあげて画像の入った用紙を排出していた。

一人しかいない研究室は不思議なもので、天井も高く部屋も広く感じられた。

コピーされた報告書の一部を手にした原田は、沖縄深層水研究組合について詳細を調べ、続きの報告書を是非見たいと思った。

「お早うございます」

同僚研究員の比嘉照子から声を掛けられて我に帰った。

「原田さん、出張お疲れでした。東京は如何でしたか？」

「古橋先生と会い、国会図書館に行ってきましたよ。それにしても東京は暑かったなぁ」

研究員の比嘉は、千葉の館山の出身であるが沖縄の男性と結婚して沖縄姓になった。母方の両親は沖縄出身である。

「コーヒーを入れましょうか。アイスでいいですか？」

「ありがとう」

「原田さんは、たくさんコピーされたようですが、お手伝いしましたのに」

「朝一番で、金澤部長と打ち合わせがありますから」

原田は、コップのアイスコーヒーを一気に空にした。

「比嘉さん、古波蔵君と加藤君が来たら部長室に急いで来てくれと伝えて下さい」

原田は、ボードの『出張』のマグネットを外して『所内』に取り替え、同階の金澤の部屋に向かった。

部長室の長いすで待っていると程なくして金澤が入ってきた。

「お早うございます」

「出張、お疲れ。収穫がたくさんあったようだね。ちょっと待ってくれよ……」

金澤は、車のキーを机に無造作に置くと、机の前のテーブル椅子に座った。原田は報告書の一部のコピーを渡しながら話した。

「何か、タイムトラベルでもしたかのようです。40年も前に既にこんなことが行われていたなんて不思議な巡り合わせです……」

金澤は報告書の数枚に目を通すと、

「いい資料に巡り会ったものだね。これは……ほとんどレールが敷かれているみたいだ」

と一言発した。

「お早うございます。遅れてすみません」

古波蔵と加藤が入ってきた。

「部長、話が前後してしまいましたが、古橋先生からNIRAIは『進化』する旨のメッセージを戴いてきました。先月のNIRAIでの実験は活きますね」

「その進化のカギは、この報告書に書かれているかも知れないぞ……」

「……古波蔵君、この沖縄深層水研究組合の所在地だけれど、ウラゾエシシロマって知っている?」

「ウラゾエではなくウラソエです。シロマではなくグスクマと呼びます……よく知っています。しかし、番地がよく分かりません。午後まで待っていただけませんか」

「報告書の全コピーは来週には届きます。2000年に発行されていますが、他にないかどうか調べたいですね」

「私の知り合いに沖縄県庁職員がいますので聞いてみます」

と加藤はいう。古波蔵と加藤は、原田がプリンタで打ち出した報告書の抜粋の画像コピーを手にとり、眉間にしわを寄せて見ていた。

「NIRAIで議論したことが載っていますね。40年も前に同じように考えた人々がいたんだ……」

ソデイカ1号の概要図を見ながら加藤が言った。

「……古波蔵さん、この装置は取水口を2つ持っていますよ。600mと1400m。この組み合わせがポイントなのかも知れませんね」

「……深層水を使って魚の鮮度保持技術を開発したようだね。ウニの卵の異常発生と深層水が関係していることは……原因はともかくとして、関係あることは分かったが、鮮度保持っていうのは細胞に関係することで、ウニの卵の異常発生とは作用的に正反対のこと……NIRAIでの実験はマイナス部分をゼロに少しでも近づけられたということだから、この報告書の内容が事実だとすれば深層水の混合だけなのか、それともプラスαが何か必要なのかだね……」

内線電話が鳴った。

「はい、金澤です。……分かりました。すぐお伺いします」

「所長がお呼びだ。原田行くぞ。古波蔵と加藤は先ほどの件調べておいてくれ」

3階の所長室前。

「所長がお待ちです。中へどうぞ」

又吉秘書の澄んだ声がして、金澤と原田は軽く又吉に会釈をすると所長室に入っていった。

「良く、来てくれた。古橋君が原田君の訪問を大変喜んでいた」

「所長、先週上京し、木曜日に古橋先生に会ってきました……NIRAI は進化する装置だと話されていました」

「HALUSARE 計画は日本の食糧生産のカギとなるプロジェクトです。経緯は古橋君より聞いたと思うので私からは何も話すことはありません……金澤部長共々しっかり頑張ってくれ。それと、今週、上京し、海洋局長と会うことになった。古橋君も一緒だ。……NIRAI への新しい提案を待っているぞ」

その頃、古波蔵は母親に電話をしていた。古波蔵の母春子は、若い頃浦添市内の税理士事務所に勤めていた。

「40年位前のことなんだけど、浦添城間のビール会館って知っている？」

「ビール会館？　あぁ、知ってるよ。今は海のほうに道路が走り那覇寄りに新しいビルが出来ているけれど。前は三つ星ビール会社が入っていたんだ。そのビール会館に何か？」

「ちょっと昔のこと調べていたもんだから……」

一方、加藤は県庁の友人に連絡を取っていた。

「海洋科学研の加藤ですが、大城主任をお願いします……」

「……加藤です。久しぶり。ちょっと教えてほしいことがあるんだけど……組合はどこの部が担当している？」

「久しぶり、加藤君。組合？　組合は……経済商工部の商工課の中小企業係だ。電話番号は×××-××××だ。何の用なの」

「昔の組合のことを調べる必要があってね。……忙しい所いろいろありがとう。今度ゆっくり飲もうよ」

結局、電話では確認出来ず、那覇の県庁を訪ねることになったが、沖縄深層水研究組合の資料は既に廃棄されて資料倉庫にも存在していなかった。

古波蔵と加藤の報告を聞いた原田は、改めて時間の長さを実感した。建物も少し移転して改築され、研究組合が借りた事務所は既に取り壊されていた。

沖縄のどこかに組合の活動を知っている人がいないか、何とかして40年の時間を取り戻したいと原田は思った。

幸い、週末までには報告書の全コピーが届いた。原田は、報告書から組合の理事名を確認した。

代表理事　城山景生（浦添市民病院副院長）

副理事長　名嘉地 務（孝行酒造社長）

理　　事　泉崎憲郎（員外）

理　　事　具志堅 登（南海鉱業専務）

理　事　山田直哉（三つ星ビール専務）
理　事　金城政夫（新南部造船専務）
理　事　仲栄真忠吉（宜野山漁協組合長）
理　事　宮城三郎（浦添市民病院理事長）
理　事　知念一夫（南山製糖社長）

古波蔵が電話で調べたが理事のほとんどは他界し、また所属団体名も一部特定できないところもあった。原田は病院と漁協に可能性を託した。見込みのあるのは、病院よりも漁協に組合資料が見つかりそうな気がした。病院は組織が大きい反面、医療関係の資料の出入りの新陳代謝が激しく、古い資料は県庁と同様にある時間が過ぎると廃棄処分され易く、残りにくいと思えた。

反対に宜野山漁協のような小さな組織は、地域に根ざしているので人の入れ替わりも少なく、そのために組合の資料も倉庫の隅のほうにほこりをかぶって残っていそうに思えた。

原田は、宜野山漁協に40年前の仲栄真忠吉理事の消えかかっている記憶を探しに行くことにした。

9　微かな繋がり

宜野山漁協は、沖縄本島のちょうど真ん中の東海岸に面した人口5000人ほどの村にある漁協で、組合員は30人ほどである。原田の研究所がある勝連半島からは海岸沿いに車で走って1時間半ほどの距離である。宜野山漁協は銀武湾《ぎんわん》に面し、近海漁業のマグロ、カツオ等が水揚げのほとんどある。以前はもずく養殖が盛んであったが、海水温の上昇で養殖が出来なくなった。

昼下がり、原田は半袖とジーパン姿で車を降りた。港には修理のために陸に引き上げられた船が数隻横たわり、岸壁の広場には白や黒の大小様々なブイが網とともに無造作としか思えない形で積み上げられている。その向こうには「氷」の一文字が大きく書かれた3階建ての製氷棟が見える。のどかな光景である。勝連の研究所の香りとはまた異なる香りを風が運んできた。

「ごめん下さい。原田と申します……」

錆びた波トタンの屋根が1ｍほど突き出た漁協の入り口のガラス戸を開けるには重そうに思えた。原田は、力一杯引いた。ガラス戸はそろばんの上を転がるように柱に当たり大きな音がした。

「すっ、すみません！　原田と申します」

事務所の中は冷房が効いており、天井から吊り下げられた「経理」の札がクーラーからの風で揺れている。右側には購買の棚が横に並び漁具が値札を付けて並べられている。

６つほどの机が合い向かい並び、真向かいの相手の顔が見えないくらいに資料がそれぞれの机に並べられている。その資料の向こう側からひょいっと顔がのぞいた。

「何でしょうか？」

女性職員の島山明美である。

「原田と申します。実は、仲栄真《なかえま》忠吉さんという人を探しているのですが……。40年ほど前に漁協の組合長をしていた人なんですが、……ご存じないですか？」

「仲栄真忠吉？……仲栄真忠幸さんのお祖父ちゃんかしら。ちょっと待ってください……」

島山は外に走って行き、数分すると戻ってきた。

「仲栄真さんは、役場の近くの〈てんぷす館文化センター〉の３軒先の家です。訪ねてみて下さい。電話を入れておきます」

と言って、地図を書いてくれた。〈てんぷす〉とは沖縄の方言で臍を言い、真ん中という意味合いもある。宜野山村は沖縄本島のちょうど中央に位置することから村人が自称していた。

親切に感謝しながら原田は役場に向けて車を走らせた。漁協から役場までは車で5分ほどの距離である。地図を頼りにてんぷす館の３軒隣の家の前に車を止めた。

少し高台になっていてフィリピン海が一望できる。形のいい松が数本土手に生えていて、家は漁師らしく網が塀に干してある。コンクリートの2階建てであるが、一見して周辺にはない珍しい色調の家である。コンクリートブロックが2mの幅で赤、黄、青、緑、黒と塗られているのである。

ここだなと確認し、草が少々生えている車一台がようやく通れる門を入って行った。

「ごめん下さい。漁協から紹介されました原田と申します。仲栄真忠吉さんはいらっしゃいますか？」

玄関も廊下の戸も開けっ放しであるが人の気配は感じられない。原田が沖縄に来て1年が過ぎたが、都市部は戸締まりがされているが、農村部はまだまだ昔の面影が残っていると感じていた。仲栄真家も同様で極めて開放的である。

玄関の入り口の梁から前カバーが外された小さな青色発光ダイオードLED豆電球が1個鈍く灯っている懐中電灯が吊り下がっているのが目に止まった。特別な警報装置が組み込まれているのではと、一瞬原田は考えた。

「ごめん下さい。原田と申します」

「どなたですか？」

いきなり背中の後ろから声を掛けられた。振り返り、原田はビックリした。そこにスゲの葉で編まれた三角帽子をかぶり草履履きの日に焼けた背の低いやせ形の老人が鎌を右手に持って立っていた。

「原田と申します」

ペコッと頭を下げた。

「……仲栄真忠吉さんですか?」

「そうだが……」

「私は勝連にあります海洋科学研究所の原田という者です。……仲栄真さんは40年前になるかと思いますが、ソデイカ1号という深層水取水試験装置を開発した深層水研究組合の理事をされていませんでしたか?……」

「……深層水、あぁ……関わったことがあるよ。しかし、ほとんど忘れてしまったな……」

〈ようやく会うことが出来た。まるで奇跡のようだ……〉

原田は、今、生き証人に会っていることで興奮していた。長く探していた恋人とようやく会えたような気持ちがした。

老人は裏の畑の草取りをしていたのだ。年はゆうに90歳を超すであろう。

「仲栄真さんはとても元気ですね」

原田は、少々大きな声で老人にゆっくりとした口調で話しかけた。

老人に勧められて家に上がった。仲栄真老人は、若い頃地元の中学校で理科を教え、教職をやめて漁師になった変わった経歴を持っていた。そのためか記憶も確かだった。耳が少し遠くなっただけである。

「深層水のことで人が訪ねてくるのは何十年ぶりだよ」

仲栄真老人は台所から湯飲みを2個持ってきて原田に進めた。

原田は、リュックサックから2000年の報告書のコピーを取り出し、仲栄真老人に手渡した。老人は過去を一つ一つたぐり寄せるような視線で報告書を眺めていたが、引き出しから眼鏡を取り出すと懐かしそうに一枚一枚めくり始めた。

「……ところで原田さんは、なぜこの報告書を持っているの？」

「はい、東京の図書館で見つけ、コピーしてもらったのです」

「……深層水は本部島だけが注目を浴びたが、成果のほどはソデイカ1号が断トツだったよ……」

仲栄真の脳裏に40年前のパノラマが蘇っていた。

「……仲栄真さんが深層水に関わって行ったことを話して戴けませんか」

老人は立ち上がると、奥の自分の部屋と思われる2階の部屋に行き、数分して数冊の本を抱えてきた。

「これだよ」

テーブルの上に老人が広げた本は、原田たちが探し求めていた研究組合の報告書だった。表紙は色が褪せ、所々にシミも見られた。報告書は平成8年度より始まり13年度の２００1年まで連続的に計６冊が発行されていたのだ。原田が国会図書館でコピーした報告書も目の前にあった。

「……忘れかけた所もあるが、どこから話そうか」

「初めからお願いします……どうか、初めからお願いします」

原田は研究組合の全てを知りたかった。

「……私は理事として参加しただけだけど、組合が出来る前からいろいろ相談を受けたよ……」

老人は庭の遠方に視線を流して半世紀前の記憶をたぐり寄せていた。

原田は入り口の梁からぶら下がっている青色LED懐中電灯が気になり始めていた。

「仲栄真さん、お話の前に一つ聞いていいですか？」

「……？　どうぞ」

「あれは特別な装置なんですか？」

原田は特製の懐中電灯を指しながら質問した。

「これは嬉しい。来客した人の中で初めて受けた質問だ。やはり原田君は研究者だね……一個の電池でどの位LEDが光るのか見ているだけだよ」

「……!!　私は、てっきり紫外線装置を張り巡らした盗難防止装置の一部かなって思ってしまいましたよ」

「ワッハハハハ……宜野山には泥棒なんかいないよ」

原田と仲栄真の初めての出会いだった。

10　ソデイカ1号の誕生

仲栄真老人はゆっくりと話始めた。

「……この話は研究組合の事務局だった佐々木さんという人から聞いたもので、彼は当時40歳位だったんじゃないかなぁ…………」

「佐々木何という名の人ですか？」

「ヨシトモさんと言ったかな。確か漢字名が〈義智〉だったと記憶しているよ」

老人は指で字を書いてみせた。

「彼は沖縄の生まれではなく貴方と同じで本土から来た人だ……研究組合もソデイカ1号も初めからレールなど全くない所から出発したのだよ。……ある日、彼が訪ねて来たよ。……深層水の研究会を立ち上げるから参加してくれというんだ……」

「……佐々木さんは、漁師でもないのにどうして仲栄真さんと親しかったのですか？」

「それは、宜野山村に松田という地区があって、そこの区長をつとめた當真さんという人と佐々木さんが親しく、私を紹介してくれたのだよ……当時、私はモズク養殖をしていた」

「研究組合が生まれる以前の話だが、佐々木さんは東京の知り合いの人から深層水の本を紹介されたらしい。確か平成３年の末だ。……私らは西暦でいうと分かりづらい」

「平成３年は……１９９１年です」

「当時、三つ星ビールの社長比嘉さんは深層水研究会の会長としてこの事業を大変支援してくれた。県内企業１００社ほどが研究会に入会し、当時の沖縄県知事に深層水の研究所を作るように要請した……私も立ち会ったよ。平成４年の暮れだ……このことにはまた逸話があって、佐々木さん達は島がたくさんある沖縄の活路は海からだという信念で深層水の必要性をアピールしていた。確かこの時には最初の調査報告書は既に出来上がっていたんじゃないかなぁ。報告書を見た泉崎憲郎さんという、県の農水部長も経験した人の提案で、報告書を県知事に要請の形で提言資料とした……要請の日は、自分も知事室に入ったが、テレビ局も新聞記者も大勢来ていて愉快だったよ。ワハッハッハッ！」

「そうだったんですか……」

「私どもはあまり高望みをしなかったよ。当時先を行っていた高知県や富山県の深層水研究施設のような施設が出来れば本当は満足だった……」

「……」

「ところが、泉崎さんは行政を経験している人だから『国や県が本格的な予算をつけるまでは４年から５年かかる、小量でもいいから自分たちの手で深層水を汲み上げてみようじゃないか』となったわけだ」

「……」

「いうは易し行うは難しで、深い所の海水を汲み上げるのは簡単じゃない。病院の城山副院長も頑張ったなぁ……佐々木さんたちは、事業に使うには最低数トンの深層水が必要と見て、それを汲み上げられる方法を模索していたよ。……深層水の分析だけならば数リットルの量を汲み上げる実験装置が市販されているが、数トンの深層水を汲み上げる方法は……なかった。……考えてみれば、必要性がないから誰も考えないし、そんな装置などなかった。みんなで一から考えた……」

「……面白いですね……」

「研究会の会員になった会社の中には将来の国の予算を見込んだものもいたな。まぁ、平成5年（1993年）に市販のホースの先に錘をつけて海中に吊して深層水を汲み上げる方法が考案された。船上のポンプで吸入する方式だ」

「……」

「再度、泉崎さんの提案で、県の水産試験場の調査船を深層水の取水船にする作戦が開始された。というのは当時の水産試験場の場長は泉崎さんの元の部下の奥真徳三郎さんだったんだなぁ、ふしぎでねぇ……」

「……幸運ですね」

「調査船が古くなって新船を検討している時だったので、場長は少々の改造は黙認してくれた」

「……」

「最初の取水は沖縄本島北部の海で行った。私も乗船した。汲み上げた深度は４００ｍ、５００ｍ、６００ｍだったかなぁ」

「最初から深い所をねらったんですね……」

「ハッ、ハハハ……面白いことが起きた。深度５００ｍまではポンプの吸入も十分だったが、６００ｍになると管の中に泡が増えてポンプが十分に働かなくなった。場所は与論海盆の真上だ」

与論海盆は、沖縄本島の北端辺戸岬から鹿児島県与論島の間に位置する海底の盆地である。

「……それはメタンハイドレートではないでしょうか？」

久しぶりに原田が話した。

「真意のほどは分からなかったが、放水後の海面の泡立ちが多かったことを記憶している……そんなこともあったよ」

「……とっても興味がありますね」

「何回か船から錘をつけたホースを海中に降ろし、取水が完了したところでまたホースを引き上げる一連の作業はたくさんの人手を必要とし、ホースの損傷も激しいことから、佐々木さん達は次の新しい方法を模索していた」

「……」

「佐々木さんが新南部造船を訪ねた折、工場長がひょいとアイデアを出した。船からホースに錘をつけて降ろし、また引き上げるのなら、いっそのことブイに錘をつけたホースをつり下げておくほうが簡単じゃないかとね……」

「それがソデイカ1号になるわけですね……」

「沖縄にはパヤオと呼ばれている浮き魚礁が２００基近く設置されている。宜野山漁協も数基を設置している。そのパヤオにホースをつり下げるアイデアだよ。この考えが原田さん、ソデイカ1号へと発展していくわけだ」

原田は仲栄真老人の話にますます引き込まれていった。

「……海上ブイは多種多様であるが、ホースをつり下げている海上ブイは見あたらない。必要性がなかったからだなぁ」

「……この時はまだ深層水を汲み上げる深さは1層、つまりホースは一本なわけですね？」

「そうだ。2つの深度から汲み上げる発想は突拍子に出たわけではない。城山副院長や佐々木さん達は、検討している深層水取水装置は試験装置の位置づけだから、たくさんの深度の深層水が取れるようにしたかったようだ」

「……なるほど……」

「そのために検討場所を東京の電力関係の研究所に移し、関係者に集まってもらい議論した。が、結論は出なかったそうだ。前代未聞のタコ足方式だから前例もないし、強度の点で大丈夫かの判断が出来なかったからだ。タコ足方式の発想は素人だから出来たことで、海のことを詳しく知っていたらどこにでもあるような実績と計算に裏打ちされた平凡な物になっていただろうね……恐らく〈鮮度保持液〉は生まれなかっただろう」

「……そうでしょうね……〈鮮度保持液〉ですか」

「結局、研究組合の理事会、事務局の独断で６００ｍと１４００の２つの深度から汲み上げる装置になった」

「……なぜ６００ｍと１４００ｍに決めたのですか？」

「どうしてだと思う？」

老人は顔を緩めて原田に質問した。

「……何か特別な深層水の試験でもした結果の深さでしょうか？」

「答えは至って簡単で、６００ｍは沖縄周辺海域の海水の栄養塩の濃度からだ。当時のハワイの深層水研究所もそうだったように覚えている」

原田は、仲栄真老人が時々専門用語を使うのに驚いた。

「問題は１４００ｍのほうだ。……６００ｍと１４００ｍを足して２０００ｍというようなことでは決してないよ……ハッハハハ。水産試験場が持っている最も深い深度の観測データが１４００ｍまでだからだよ」

「そうだったんですか！……やっと分かりました」

「地方の水産試験場はそれぞれに調査船を持っているが、国の特別な調査と異なり数千ｍ等の深さを調べる必要はない。歴史的にみてもほとんどが１５００ｍだ。……１００ｍ少ない１４００ｍは、観測装置を吊り下げるワイヤーロープを１００ｍほどウィンチに残したためだよ。高価な観測装置が落ちていかないためにね」

原田は絶句した。

「深層水の汲み上げる深度は決まった。装置の製作はどうしょうかということになった。ところが沖縄には、今でもそうだが機械製造業が少なくエンジニアもなかなか探せない。まして台風銀座の沖縄の近海に設置しても大丈夫な設計を行える経験を積んだ技術者となるとほとんどいない」

「……そうですね……」

「しかし、天は良くしたもので、素晴らしい人が運良く沖縄にいたのだよ」

「実にラッキーでしたね」

「……当時、沖縄には観光を目的にした潜水艦が恩納村で運行していた。その潜水艦を設計した神戸の富士井さんという人が地元の造船会社を定年退職し、沖縄で自分の最後の設計になる潜水艦の保守に関わっていた。沖縄で保守の作業を受け持ったのが新南部造船という具合で、歯車がかみ合い回り始めたのだよ。平成７年（１９９５年）の夏頃の話と佐々木さんは話していた……」

「幸運と不思議の塊ですね」

「アイデアと人は揃ったが資金がまだの状態である。ここで泉崎さんの再々登場となる。佐々木さん達は県内の財団法人か第三セクターでこの計画を進めようとしたが、いろいろな思惑がありそうなので、

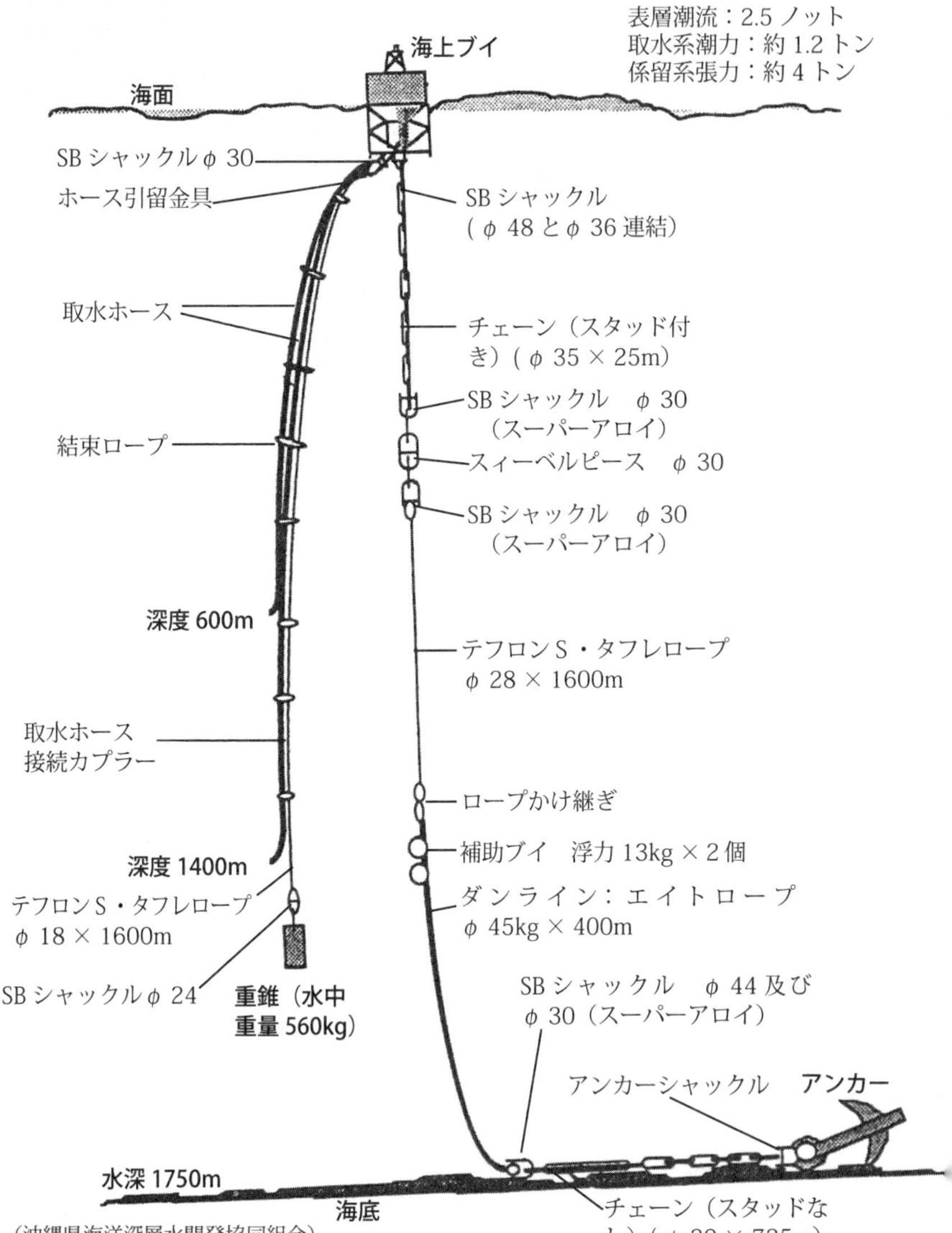
表層潮流：2.5 ノット
取水系潮力：約 1.2 トン
係留系張力：約 4 トン
海上ブイ
海面
SB シャックルφ 30
ホース引留金具
SB シャックル
（φ 48 とφ 36 連結）
取水ホース
チェーン（スタッド付き）（φ 35 × 25m）
SB シャックル　φ 30
（スーパーアロイ）
結束ロープ
スィーベルピース　φ 30
SB シャックル　φ 30
（スーパーアロイ）
深度 600m
テフロン S・タフレロープ
φ 28 × 1600m
取水ホース
接続カプラー
ロープかけ継ぎ
補助ブイ　浮力 13kg × 2 個
深度 1400m
テフロン S・タフレロープ
φ 18 × 1600m
ダンライン：エイトロープ
φ 45kg × 400m
SB シャックルφ 24
重錐（水中
重量 560kg）
SB シャックル　φ 44 及び
φ 30（スーパーアロイ）
アンカーシャックル
アンカー
水深 1750m
海底
チェーン（スタッドなし）（φ 30 × 725m）
（沖縄県海洋深層水開発協同組合）

新酒は新しい升に、の諺にならって、新規に財団法人を作ろうかとも考えたそうだ。泉崎さんの県庁時代の部下の方に相談したら研究開発型の組合を創ったらどうかとなった。平成7年12月のことだよ……当時の熱気を思い出すよ」

「それで協同組合法人なのですね」

「受け皿となる研究組合は、城山副院長が理事長になり孝行酒造の名嘉地社長、南海鉱業専務の具志堅さん、三つ星ビール専務工場長の山田さん、市民病院理事長の宮城先生、そして製糖会社の知念社長、新南部造船の金城専務と泉崎さんと私が理事になった。佐々木さんは事務局で頑張ってもらったよ……」

「本当の異業種組合だったんですね」

「……そうだな……不思議なことは重なるもので、翌年から3ヶ年の研究補助事業が付いたのだよ」

「本当に幸運ですね」

「目標は決まった。人も探せた。予算も十分ではないがまぁ確保された」

「……」

「南部漁協の特別な協力も得てソデイカ1号は平成9年2月20日、ちょうど午後6時に設置が完了したが、1000トンの台船甲板に〈8〉の字に折りたたまれて積み上げられた600m、1400mのホースが徐々に海面に降ろされて水面を這うようにして水平線上に伸びていく姿は、神々しいまで美しかったよ……本当に誰も予定したわけでもないが2月20日は満月の日であった。本来、沖縄の冬の海は風がつよく波も高いが不思議と2月20日は完璧な凪だった。……私も台船に乗り込んで感動したもんだよ。設置を終えて西の水平線をみると真っ赤な夕日が沈もうとしていた。反対に東の水平線からは満月が顔を出していた。満月とソデイカ1号、そして夕日が一直線になった。みんな堅い握手をしたものさ」

「不思議ですね。神秘的でもありますね。……命名の由来は何ですか？」

「ソデイカは、深海に棲む大型のイカだ。長い2本の足を深層水のホースに譬えての名前だよ」

「なるほどそうでしたか」

原田は初めて納得した。

「……ソデイカ1号の不思議はまだ続くぞ」

原田はソデイカ1号の生き証人を前にしていたが、腕の時計が気になり始めていた。

「仲栄真さん、明日もお伺いしてよろしいですか？」

「もう帰るのか」

「……はい。明日は2人で伺うと思います。午後一番でよろしいですか？……お願いがあるのですけれど、お持ちの報告書ですが2日から3日ほどお貸し願えませんでしょうか……」

「どうぞ」

11　海のソデイカ1号

原田は、宜野山から研究所への帰りの途中で金澤に電話連絡をした。

「金澤部長、ソデイカ1号の生き証人と会うことが出来ました」

「それでどうだった」

「詳細は帰りましてから報告しますが、理事の仲栄真さんです。95歳とは思えない元気な老人です。報告書も6冊ありました。全部借りることができました。

先輩、明日も出向くことになったのですが一緒に如何ですか?」

「予定だけど……うーん……分かった。大丈夫だ」

翌日の午後、原田と金澤は宜野山村文化センター近くの仲栄真宅に伺った。

「今日は2人で来ました」

仲栄真老人は普段着のままで家の中で待っていた。

「息子夫婦が漁に出ているもんだから何もないが……」

老人はポットからコーヒーをカップに注いだ。香りが一瞬三人三様の記憶を呼び戻した。

「初めまして金澤です。よろしくお願いします」

「仲栄真です……あんた方は深層水のことをやっているそうだが、ソデイカ1号の教訓を是非生かしてもらいたいもんだ……」

「えぇ……取り組んでいきたいと思います」

金澤が多少緊張気味に言った。

「昨日はどこまで話したかなぁ」

「……ソデイカ1号の設置までです」

「仲栄真さんは本当に元気ですが、何か秘訣でもあるのですか？」

金澤が質問した。

「……特別にない。時々漁協に顔を出したり畑仕事をやっているだけだよ」

隣の部屋の仏壇に写真が飾ってある。奥さんなのだろう。

老人は2人にコーヒーを勧めながら話し始めた。

「……ここが大事な所だ」

老人は力強く言った。

「深層水は全ていい海水とは限らない。水産試験場の船を借りて深層水を汲み上げていた当時からうすうす感じていた……」

「……！　……」

「……！　……」

「ソデイカ1号が設置されると佐々木さん達は僕たち理事の要望もあって、600m、1400mの深層水をペットボトルに詰めて持ってきてくれた。私ももらったよ。……確か平成9年（1997年）のことだ。当時、日本のどこを探しても深度600mの海水は手に入らなかった。まして1400mの深層水なんて宝の水だった。国の大きな予算で進めていた高知県の深層水も深さが三百数十メートルで、理事のみんなはしてやったりの気分だった。特に三つ星ビールの山田さんは県内では良く名前も知られていたのでいろいろな場所に呼ばれ深層水の話をした。……夢があり楽しい一時だったよ。理事のみんなは、600mと1400mの深層水を大事にしまい込んで、ミネラル補給としてキャップ一杯ぐらいずつ飲んでいた。深層水は海水と同じでしょっぱい」

「……はい、そうですね」

「ところが、そのうちに変なことをいう人が出てきた。それも同じ症状のことを話すのだ。左腕が重苦しく痛いという。何日か経ってペットボトルの深層水を飲み終えて海のミネラルの補給が途絶えた後は大丈夫だった……僕はずっと美味い美味いと飲んでいたがね……」

原田と金澤は老人の話を真剣になって聞いていた。

「理事の宮城先生は外科医なんだけれど、深層水が良くないのではと言い出した。医者の感というものだ……」

原田と金澤は顔を見合わせた。

「……深層水は細菌が少なくきれいだと言われている。南山製糖の知念理事の所に小型の真空乾燥機があったので６００ｍと１４００ｍのそれぞれの深層水をつかって食塩をつくって試食してみた。真っ白で見た目はきれいな塩が出来上がったが、味は良くなかった」

「どうしてですか？」

「トゲを刺したような辛さなんだ。この味では商品化は無理だと考えた。

それから鶏に深層水を薄めて飲ませる試験もした。鶏の餌にも塩は入っているので、深層水を薄めて飲ませても濃度がある値以下ならば大丈夫だが。協力してもらった養鶏場の社長は、地元大学の農学部の畜産を出た人だ。深層水を２００倍ほどに薄めて飲ませてみた。卵は少々塩味がして好評だったが、試験開始後1ヶ月ほどして佐々木さんの所に電話が入った。鶏が異常な死に方をするというのである。

佐々木さんはすぐさま養鶏場に駆けつけて若社長に話を聞いた。すると、普通より3倍も多く死んでいるという。試験区の鶏は確か７００羽で行った。ホルモンバランスを崩したような死に方だと説明していたな、確か。

それ以降、私どもは深層水の安全性に疑問を持つようになった……」

「……私どももムラサキウニの卵を深層水で孵化させる実験を行いましたがいい結果ではありませんでした」

「そうだろう！　なかなかこのことを理解してくれる人は当時少なかった。今も同じだけれど。……理事の我々もどうしたらいいものか考えたが、事務局の佐々木さんもいろいろ考えたようだ。何しろ、この補助事業は研究成果をもとに事業を立ち上げなければならない性格のものだ。研究組合は安全を最優先して進めてきたが、深層水を飲んだ人の腕の不調、鶏の死亡増加事件、そして辛い塩の味と、決して科学的とは言えない状況証拠だけだが、一つの決断をした……深層水を直接利用する事業は辞めるべきだと。研究組合員も相当額の出資をしていたし、３ヶ年続く補助事業も2年目にさしかかっていたから事務局は責任重大だった……」

「佐々木さんという人は今どうされていますか？」

原田が質問した。

「佐々木さんは亡くなった。20年位になるかな……」

「……」

「……その頃の深層水の未来は全てバラ色で、悪さをするなんて言っている所は日本のどこにもなかった。佐々木さんは事務局として平成9年（１９９７年）の報告書をまとめるに当たって深層水の危険性を盛り込むべきだと考え、報告書案を理事会に出したが、いろいろあって修正項目が増えてしまった。佐々木さんは深層水の危険性を経験して、真剣に深層水の意味を考え始めた。私の所にも新しいアイデアを持って何回か来たものだ……。佐々木さんが考えた深層水は次のようなものだ。実験用の採水器やソデイカ1号で汲み上げる深層水と自然が行っている『湧昇』とは何が違うのか、ということだ……」

原田達は目の前でとうとうと話す老人の話に全神経を集中した。

「採水器やソデイカ1号で汲み上げる深層水は、必要とされる深度が決まっている単一の深度の深層水であるが、自然湧昇の深層水は深度が複雑に混ざり合って湧き上がって来る海水だ。……一つの深度の深層水といろいろな深度の深層水が複雑に混ざり合って上ってきた深層水とでは同じではないはずだ」

仲栄真老人は両手を空間に絵でも描くように深層水の自然湧昇の大切さを力説する。

「何がどのように違うのかは後で明確にするとして、一つの深度の深層水は腕の不具合、鶏の死、舌に刺す塩の味のように不具合を生むが、自然界の自然湧昇した深層水は諸々の不具合を起こさないのではないか、というのが佐々木さんの深層水についての見方だった……」

「もし、自然湧昇が不具合を持つのなら生命の進化に決定的なダメージを与えているはずだ。……ご存じだろうが、海に生命が誕生して三十数億年が経つが、深層水の大循環も同じくらいの歴史がある。深層水の自然湧昇に不具合があるのなら、原始生命体である藻類に悪い影響を与えただろうし、現代においては深層水の栄養塩を植物プランクトンが取り込み、その植物プランクトンを動物プランクトンが食べ、動物プランクトンを小魚が食べる、そして小魚を中魚が食べるという食物連鎖の鎖が途切れてしまうことになる。……しかし、生命は進化し、生物は多様である。……おまけとして私もこうしてここにいる」

「……」

仲栄真は更に続けた。

「そうすると、自然湧昇は深度を異にするいろいろな深層水が混ざりながら海面に昇ってくる現象なので、深層水の不具合を解消しているのはその自然湧昇にあると考えたらしい……」

原田も金澤も先月のNIRAIでの議論風景を思い出していた。

仲栄真老人は続けた。

「……自然湧昇に不具合はないと推論したものの、確認する方法がなかった。

研究組合が開発したソデイカ1号は、昨日話したように深度600mと1400mから汲み上げる能力を持っているので、手っ取り早い方法として600mと1400mの深層水を混ぜた海水から塩を造ってみようと佐々木さん達事務局は計画した」

〈……なるほど味覚による確認方法もあったのだ……〉

原田達は試験と言えばすぐ生物実験などの込み入った物を考えがちだが、創意工夫の足りなさをこの時ばかりは自覚せざるを得なかった。

「佐々木さん達は、600mや1400mの1層の深層水で造った塩は辛みがきつくまずかったが、うまく混合した深層水でつくった塩が味覚の点でも変わるようであれば、異なった深度の深層水を混ぜることで単層の深層水の不具合の解消に向けて一歩前進したことになる……そのように思ったようだ」

仲栄真は続けた。

「……次に開催された研究組合の理事会に600mや1400mだけの1層の深層水で造った塩と、

深層水を混ぜて造った塩が持ち込まれ、理事全員に味を確認してもらった。深層水を混ぜて造った塩はまろやかで舌を刺すこともなかった。佐々木さんは少し自信を持ったようだった」

「……」

「600ｍの深層水だけ、あるいは1400ｍの深層水のみでつくった塩が辛く舌を刺すのは深層水に含まれる窒素分やリン酸分のためではないかと考えたりもしたが、混ぜた深層水から造った塩がまろやかになったことから、栄養塩はほとんど関係がないと考えた」

「深層水を混ぜる順序などは検討しなかったのですか？」

「理事会では誰も質問はしなかったが、後で私が佐々木さんに聞いた話では、大いにあると語っていたな。……混ぜる順序を反対にした塩を食味してみたが美味しくなかった」

「……そうですか」

原田も金澤も深層水を混合するという手法にますます確信心を深め、揺るぎのない技術になることを確信しつつあった。

「なぜ異なった深層水を混ぜることで味覚が変わるのかは不思議なことだが、理事会ではこうした『なぜ？』の議論はほとんどなく、佐々木さんが物好きだから楽しく考えていたようだ……本当は何とかしなくちゃならないの一心だったと思うがね」

更に仲栄真の話は続いた。

「……ソデイカ1号の設置から1ヶ月ほど経った当たりから、漁師の間でソデイカ1号の近くの海にたくさんの魚が集まることが話題になり出した。ソデイカ1号は、深層水取水〈試験装置〉として届け出をしてあった。そうでないとタンカーなどの航路の近くに常設の海洋構造物の設置は認められず、もう一つは、浮き魚礁の設置は各漁協が行うことになっていたが、新規の設置のためには沖縄県の審議会の許可を必要とし、これまた許可をもらうには大変な時間を必要とすることは明らかであった。浮き魚礁の設置海域は、その海域を管理する漁協の既得権のようなもので、当時沖縄には確か177基の浮き魚礁〈パヤオ〉が設置されていた。管理区域内の浮き魚礁に他の漁協の漁船が入らないようにお互いに漁協間で協定を結んでいた。また、設置されている浮き魚礁の数についても漁協間で妥協がはかられ勝手に増やすことは出来ないことになっていた」

「……漁業資源の管理上からですね」

「そうだ……ソデイカ1号は浮き魚礁でないので県の審議会を通す必要もなかったのだが、既設の浮き魚礁よりも著しく魚が集まることが知れ渡り、隣同士の漁協間で小競り合いも起こったものだ……」

〈海洋の肥沃化だ!〉と2人は無言で思った。

「そんな中で、東京の平塚先生から佐々木さんに海面に浮いているレジンペレットという樹脂片を見つけられないかという依頼があった。当時、平塚先生は厚生省の研究所に務めており環境ホルモンの問題でいろいろ研究をしていたようだ。平塚先生は、佐々木さんに『沖縄での深層水は重要だ』と切っ掛けを与えてくれた人だ。その後、平塚先生は研究組合の委員にも就任してもらい貴重なアドバイスをたくさんもらった。樹脂片は米粒の大きさで、ビニール袋の原料などに使われている。そのために佐々木さん達はプランクトンネットを準備し、港から珊瑚礁のリーフを超えソデイカ1号までの約30 kmの間で曳航することにした。リーフ内とソデイカ1号の周辺海域を時間を決めて曳航した。平塚先生から依頼を受けたレジンペレットの捕獲は、ソデイカ1号の所で唯一1個が見つかったが……それよりも大きな収穫があった。リーフ内よりもソデイカ1号周辺海域のほうがプランクトン量が断突に多かったことだ」

原田と金澤は生唾を飲み込むほどに老人の話しに聞き入った。

仲栄真はなおも続けた。

「プランクトンは、ホルマリンで処理して平塚先生に送られた。他の浮き魚礁よりもソデイカ1号のほうが、魚が良く釣れること。またプランクトンの多さなどを考えるとソデイカ1号がくみ出す深層水の量だけでは説明が困難だったことは素人の我々にも分かったから、理事会は盛り上がったよ……」

「…………」

「佐々木さん達は、ソデイカ1号が自然に深層水をそれぞれの深層水取水口から吹き出している光景を目にした。私たち理事も数回にわたりソデイカ1号に足を運んで確認したよ。……初めは自然に深層水が吹き出すなどとは予想もしなかった。逆止弁を付ければ機動ポンプになって深層水を汲み上げられるとは考えていたが、深層水を汲み上げる管は市販の細いホースであり、逆止弁などの機能はない。結局、浮き魚礁の海上ブイ部の波による上下運動と細長い取水ホース内面の海水の粘性による影響で位相差が生じ、深層水が自動的に噴水することがわかった……実は深層水の取水について大学教授も入ってもらって検討したことがあったが、研究組合の報告書に載らないで終わった。悲喜こもごもだったよ……」

「凄いことですね。幸運の女神がずっと側にいるみたいですね……」

「……平成9年、シンガポールでの深層水関係の国際会議でマウナケア大学の先生が逆止弁付きの深層水汲み上げ装置を発表した。会議に参加した研究組合の委員に就任していた東京の久田先生がソデイカ1号のことを話したらびっくりしていたとのことだ……逆止弁を設けたら海上ブイはポンプの働きをするが、海洋の肥沃化には至らなかったろうな……理由は分かるでしょう？」

「………はい……」

「……ソデイカ1号は年度の終わり近くに設置され故障もなく経過した。ところが沖縄は台風銀座でソデイカ1号も洗礼を受けた。海が静まるのを待って、プランクトンネットを曳航しソデイカ1号に行った。前回はリーフ内よりもソデイカ1号のほうが断然プランクトンが多かったが、今度は教科書に書いてある通りで、ソデイカ1号のほうは少ないプランクトン量だった。みんなは、この前のプランクトン測定は偶然だったのかと思いながらも、ソデイカ1号にホースを繋ぎ、深層水の汲み上げを始めたが水温が思うように下がらない。台風でホースが破損したのではと箱眼鏡を海中に向けたところ、海上ブイの支柱脚部分とホースが接触し、取水管の1本が切断していることが確認された」

「……ショックでしたね………」

「……私どもは次のように整理した。つまり６００ｍと１４００ｍのホースに異常がなく、波の力で海上ブイが上下に運動して深層水を常時海面に汲み上げている状態ではプランクトンは多いが、ホースが一本でも破損した場合はそうでなくなる……」

原田は、老人の昨日のような出来事のソデイカ1号の話を耳にして、高揚する気持ちを抑えられないように感じた。金澤も同様だった。

「……翌年、ソデイカ1号は引き上げられ改善と修理が施された。私も現場に立ち会ったが、台船のクレーンでソデイカ1号の海上ブイを台船に引き上げた時に目にした光景は今でも忘れられないね。……海上ブイからは蟹や珊瑚礁に棲むような小型の魚がたくさん台船の甲板に落下してきたことだ。水深1800m、沖縄本島沿岸から30kmの海域の出来事にしてはとても珍しいことだ。……ソデイカ1号は再生した。プランクトンネットで再度プランクトンの収集を試みたところ一回目とほぼ同様な結果だったよ………」

「……凄いの一言です……」

「……プランクトンの専門の委員も参加して理事会が開かれたが、決してあり得ない出来事、観測ミスで終わってしまったね。……専門委員は、水理学、流体力学的に見て、ソデイカ1号の深層水の汲み上げ量、汲み上げる深層水の栄養塩濃度から、ソデイカ1号が1年間正常に稼働したとしてもたった数キロの魚しか生み出せないとの結論だった。またソデイカ1号が設置された海域の潮流を考慮すれば、深層水は薄められて到底プランクトンなどに吸収されるものではないとも話していた。……このことから、ソデイカ1号設置海域でプランクトンネットにたくさんのプランクトンが採集されたことさえも疑問視されたな……」

仲栄真はしみじみ当時を思い出していた。

「……ただ、佐々木さんはしつこく考えていたね」

「何を考えていたのですか?」

「専門家は、深層水に含まれる栄養塩の量こそがプランクトンを増やし魚を増やす全てであり法則のようなものだというが、ソデイカ1号の現場を見た佐々木さんにとっては納得がいかなかった。佐々木さんはソデイカ1号の設置海域のプランクトンを説明するための〈理屈〉を探し始めた」

「……そうだったのですか……」

「……佐々木さんは平成9年の夏のある夕方、近くの本屋さんに出かけた。そこである本が目に止まった。ミネラルについて書かれた山田薫博士という人の本だ」

〈……山田薫博士?……〉原田も金澤も思い当たる人物ではなかった。

「山田博士は大手金属会社の研究所に務め、退社後は自分で研究所をつくり成果を著書として出版した。博士によれば、地球上には3種類の岩石があってそれぞれに作用が異なるというのだ。分離・凝縮を行うかんらん岩、生理活性を行う花崗岩そして界面活性を行う玄武岩だ……詳しいだろう……その後、山田博士は、地球上の岩から隕石にも興味を持っておられたようだ」

「……本当によく覚えていますね……」

「……実際に佐々木さんは山田博士を訪ね、より効果的な作用を引き出すためには3種類の岩石を特定の比率で混ぜ合わせることがポイントであることを知らされる。石では混ざり合わないが、それぞれの石を酸性液で溶かし、ある〈順序〉に従って混ぜ合わせるというノウハウである」

「仲栄真さん、順序とおっしゃいました？」

「そう、順序だよ」

仲栄真はさらに続けた。

「佐々木さんは沖縄に戻り、深層水とミネラルのことについて考えてみた。海のミネラルのルーツは陸上の岩石が雨などにより溶け出して流れてきたものであるとされている。しかし、海水中には花崗岩や玄武岩そしてかんらん岩のように明確な線引きをした海水はないし、実際見分けがつかない。……昨日話したように、おおよそ深度１０００ｍを境にして元素の鉛直濃度が異なることが分かっていた。また幸い研究組合にはそれぞれの理由で取水深度を設定した６００ｍと１４００ｍのソデイカ1号による深層水があった……」

原田には、海水は40数億年にわたり極めて安定であり、深度の違う深層水を混ぜたところで同じではないのかという否定的な常識感と、いやいや塩の場合はうまく混ぜることでまろやかな味の塩が出来たではないかという希望的な肯定感との綱引きをどのように仲栄真が説明するのか、何か物語りでも聞いているようで興味と推測の混ざったような気持ちだった。

仲栄真の話は続く。

「いろいろ考えても仕方がないので、一歩を踏み込んで６００ｍと１４００ｍの深層水の混ぜる比率と順序を入れ替える、つまり佐々木さんがいうところの『調合』を行って深層水同士の調和点を見いだす作業が始まったというわけだ……

もう二つ大事なことがある。一つは、山田博士はノウハウのミネラル液に酸素の注入と紫外線を照射すると無機物から有機物や核酸等が合成されることを示したことで、原始の地球を再現したものだと説明してくれたことと、最後の一つは、ミネラル液は極めて薄いほうが良く反応するということを電子顕微鏡の写真で示してくれたことである。……つまり、ミネラルの触媒作用だ。佐々木さんが、ソデイカ1号の周辺海域の桁違いに多いプランクトンを説明するためにたどり着いた結論は次のような内容であった……ソデイカ1号が汲み上げる深層水は少ないのでそのままではプランクトンを増やす肥沃化にはつながらないが、600mと1400mの2つの深層水の触媒作用により太陽の光と波のエアレーションにより海水中に酸素が溶け込み有機物が合成され、その有機物を餌にプランクトンが増えるというメカニズムである。

平成9年の報告書にはこうした内容で纏められているよ。プランクトンのためだと思うが、実際にソデイカ1号の周辺は海の色が変わっていたと漁師達は話していた。元漁師の僕も見に行って実感したよ……」

原田と金澤は、40年前の報告書の生き証人の老人から直接話を聞いていること自体が錯覚なのではないかとさえ思えた。あまりにもリアリティーに富み、詳しすぎるのである。

しかし原田は、深層水のミネラルが太陽光と酸素により有機物が生成され、そして植物プランクトンが増えるということにはあまり合点がいかなかった。

更に老人の話は続いた。

「私ども研究組合は、平成10年度で国と県からの補助事業は終えたが、平成12年（2000年）、13年（2001年）と東京の大和財団から研究助成をもらい、ソデイカ1号の研究継続を行うことが出来た。プランクトンについて言えば、昨日お貸しした報告書の通りだ。……一つは、平成9年から設置したソデイカ1号周辺海域の様子を宇宙から見たかったことと、もう一つは、観測センサーを用いて現場海域を調べたかったことだ。……人工衛星による測定は南海大学にお願いした。直径が2mほどしかないソデイカ1号の海上ブイであるが、研究組合はソデイカ1号を中心として約500mにわたってプランクトンが多いと考えていた。漁師からの情報でも海の色の変化などはほぼ1平方キロにわたっていたね。ソデイカ1号は台風でよくホースが切断して機能を果たせなかった時が多く、回収と修理が幾度か繰り返された。そのために過去の正常稼働の日を特定して、平成9年からの植物プランクトンをクロロフィルaで調べてもらったわけだ。……ソデイカ1号が正常に稼働していて、クロロフィルセンサーを搭載した人工衛星が沖縄上空にあり、更に晴れていることが条件となる。……そして、たった1枚の画像が見つかったのだ。嬉しかったね。宇宙空間からちゃんと見られていたのだよ」

老人が嬉しそうに話す感動は原田や金澤にまで伝わってきた。

「ソデイカ1号の設置ポイントと合致した点、専門用語ではピクセルというそうだが。ソデイカ1号レベルではプランクトンは増えないと考える専門家、たった1枚の画像では何とも言えないという他の画像の専門家もいたが結論はつかなかったな。……僕もこの年だ。海洋肥沃化は人類の夢でもある。地球の温暖化が深刻になり、食糧の確保も金さえ出せば買える時代ではなくなった。金澤さん、原田さんたちは海洋肥沃を実現するために研究を続けていると思うが、是非、ソデイカ1号の成果を役立ててもらいたい……」

「……取り組ませて戴きます」

原田も金澤も何としてもやり遂げなければならないと思った。

「ソデイカ1号設置周辺海域のクロロフィルなどの測定は、事務局の山田研究員がやった。センサーは、クロロフィルaと水温、塩分の3項目が同時に測定できた。結果は、大和財団の平成12年の報告書に載っているから見てもらえばいいが、ソデイカ1号に近いほうの測定ポイントは海面近くのクロロフィルの振れが大きいが、離れるにつれてほとんど変化がなくなる。普通のクロロフィルは、深度80mから100m当たりにピークがあるが、ソデイカ1号の海域は表層にもあった。このセンサーは深度10cmの単位で計測が可能であった。約10km離れた大型浮き魚礁の海域も調べたが表層のピークはなかった……植物プランクトンが強光障害にも強くなったのではと考えたがね」

「…………」

「……紫外線による障害からの修復が促進されるとかいうことですかね……40年前に良くここまで調べられていたのですね……」

「……それについても是非明らかにしてほしい……」

仲栄真老人は、ソデイカ1号のバトンタッチが多少出来たようで安堵の笑顔がこぼれた。

原田たちは、仲栄真老人と更に一日おいて明後日に続きの話を聞くことになった。金澤の日程と老人の明日の日程が詰まっていたのである。

宜野山村から眺めるフィリピン海はコバルトブルーの色をますます濃くしていた。

12　鮮度保持液

翌日、研究所の金澤の部屋に４人が集まっていた。

「どうでしたか？」

いの一番に古波蔵が聞いてきた。

「……本当かも知れない。……６００ｍと１４００ｍの深層水に絞ってソデイカ1号の再現を試みてはどうだろうか」

金澤の提案であった。

「……部長、仲栄真さんの話にも、報告書にも深層水の汲み上げ深度は明確に述べてあるのですが、肝心の混合割合や順序は全く見あたりません。どうでしょうか。６００ｍと１４００ｍの深層水の混合割合と順序を変えた方法で再度ムラサキウニの受精と発生の様子を見てみてはいかがでしょうか……」

「私も一応6冊の報告書に目を通しました。非常に小さなモデルで相当の内容の実験をしていると見受けられます。……ソデイカ1号は、NIRAIでの海洋肥沃化の実現に向けて貴重な参考資料となると思います。是非、ムラサキウニの実験を再度させて下さい」

「……私は、ソデイカ1号の設置が偶然かどうか分からないが、600mと1400mの深層水がプランクトンを増やして魚を呼び込んでいること、そして魚介類の鮮度保持に同じ深層水の混合液が有効であるという内容について……偶然にしてはあまりにも出来すぎていそうな感じを持ちました。……恐らく、ソデイカ1号と同様の深層水の混合液を用いればムラサキウニの卵も正常な受精と発生を行うと思います……しかし、二番煎じになりそうとも感じました」

「まぁ、いろいろな意見はあると思う。……いままで出来なかったことをやろうとしているのだから並大抵のことではないことも事実だ。自分たちは半世紀遅れていると自覚し、まず600mと1400mの深層水を使いムラサキウニの受精・発生実験をしてみようじゃないか。糸口を探し出すことだよ。……確かに古波蔵がいうように NIRAI はソデイカ1号の二番煎じになるかも知れないが、深層水の混合割合と順序を見つけ出すことだ。……原田はどう考える?」

「……古波蔵君のいう通りと思いますが、現に NIRAI は深度600mから深層水を汲み上げているので600mは既に確保してあり、もう一つの1400mも実験用の小型採水器で取って古橋先生の『NIRAI は進化する』の言葉を信じてトライしたいと思うのですが……」

「……原田には NIRAI の進化したイメージがもう出来ているのか?」

「イメージとまでは行きませんが、現状の NIRAI の機能を生かしながら、少し考えていたことがあります」

原田はそう言ってボードに簡単な絵を描いた。

それは、NIRAIの100万トンを汲み上げる取水管の中に新規に2本の細いホースを通してソデイカ1号の機能をそっくり取り込む方式の発想であった。

「今のNIRAIは9℃ほどの600mの深層水を汲み上げて表層海水温に近い温度に調整して放出していますが、先人のソデイカ1号の優れているところは、少量に徹したために水温の調整がいらずシンプルな構造をしていることです。

ソデイカ1号は台風でホースが切断されたりしていますが、NIRAIの取水管の中であればどんな台風であろうと十分耐えられます。まあ、NIRAIの大きな取水管は波浪対策のスカートになるわけで、波浪対策だけならスカートの長さは600mも必要がなく、200mほどでいいのではないかと考えられます」

「それじゃ、汲み上げポンプは必要なくなるわけか」

「そうですね、あまり機能しなくなると思います」

「……古波蔵と加藤はNIRAIでウニの実験をしてくれないか。簡単な実験計画書を明日までに出してくれ。……原田はNIRAIの改造案を来月10日までに提出してもらえるか?……明日は仲栄真さんに会いにいくぞ」

一昨日と同じ午後1時過ぎに仲栄真老人の自宅前に金澤と原田はいた。眼下にはサトウキビが茂り、間隔を置いてモクマオウの暴風林帯が海岸線と平行して走っている。のどかな風景である。2人は松の木陰で海を眺めていた。

「いらっしゃい、お二人さん」

仲栄真老人の声が道路を挟んだ後ろから聞こえた。仲栄真老人は、団扇をバタバタさせながら首にかけた手ぬぐいで額をぬぐった。

「今日もよろしくお願いします」

2人は軽く会釈をして玄関をくぐった。今日も青色LEDは静かさを通り越した微かな光を放っていた。

「今日も暑いね。東京はまだ梅雨が明けていないようだ。本土の梅雨明けは随分遅くなったな」

「3日間も時間を戴き感謝します。よろしくお願いします」

「暑い時は温かい飲み物が一番だ」

老人はアルミの急須から湯飲みにお茶を注ぎ2人に勧めた。

「いらっしゃいませ。何もありませんが……」

息子忠幸の妻愛子である。

奥の台所からカットされた黄色のマンゴーをお皿に入れて運んで来た。原田と金澤は会釈をし戴いた。

「随分甘いマンゴーですね」

「今年は雨も少ないから甘いものが出来また。お祖父ちゃんの手入れのおかげです。……ゆっくりしていって下さい」

「ところで報告書は読んでいるかな?」

ニコニコしながら仲栄真が聞いた。

「はい、全部コピーをとらせてもらっています」

「……ソデイカ1号は海の肥沃化にも関係したが、ソデイカ1号で汲み上げた深層水を使って魚の鮮度保持技術を開発した。平成9年6月のことだった。どうしてこんなに詳しく知っているかというと、6月にMHKがソデイカ1号を取材したので記憶に残っている。珍しい取り組みということで全国に放送されたよ。初めは研究組合を中心とした放映企画であったが、事務局が固辞したためにソデイカ1号の設計をした富士井さんを中心とした番組になった。ところが撮影の後半になってハードウェアのソデイカ1号だけではなく汲み上げた深層水を使ったソフトウェア的な成果がないものかとなり、急遽、魚の鮮度保持を行うことになったのだ。……佐々木さんは急ごしらえに2層の深層水から魚の鮮度保持用の溶液を生成し、漁師の協力を得て魚槽に鮮度保持用の溶液を添加している時の映像や、漁を終えて帰港した漁船と水揚げしている光景などを撮影したが、結局、編集段階でカットされ放映はされなかった……残念なことだ。当時は、深層水で魚の鮮度保持が出来ようとは誰一人考えていなかった。……余談になるが、小さな沖縄の民間組合が、誰も出来なかったことに成功したことを認めない一種のエゴが、他県の深層水関係者からいろいろ発せられたことを記憶しているよ。……鮮度保持は、魚だからの呼び方であって、本当は臓器の保存に道を開く技術だ………」

「……鮮度保持液は急ごしらえに作られたものなのですね。どのように他の保存方法と違っていたのですか？」

と、原田が質問した。

「深層水を利用した鮮度保持は、組織の表面ばかりだけでなく内部まで影響することが最大の特徴だ」

「……内部まで影響すると言われましたが、深層水が浸透して行くのですか？」

「いや、違うようだ。このことは研究組合でもいろいろ議論されたものだ。鮮度保持と言って昔は酸化防止剤が使われたことがあるが、これらは組織の表面だけで中までは浸透しない。病理学で良く用いられる組織の標本は、ホルマリンで固定してパラフィン処理されるのだが、ホルマリンが組織の中まで浸透するようにたくさんのこまかい切り込みを入れる。琉球大学医学部の病理学を専門としていた先生も深層水を利用した鮮度保持に不思議な一面を見たと言っていたな。……そのためにいくつかの説が出された。もっとも有力な説は相転移現象だ。将棋倒しのように状態が連鎖反応を起こすことだが、当時、予算もなくなり解明は進まなかった……」

「……臓器の保存は今でも確立されていない難しい技術ですね。他県の深層水研究所ではどうして出来なかったのでしょうか？」

金澤が質問した。

「それは単純なことだよ。他の所は一つの深度の深層水しか汲み上げていなかったから、混ぜるという発想が生まれなかったことがあげられる。混ぜるためには最低2種類が必要だよ。それから、深層水の研究は、沖縄の研究組合以外は全部国と県の予算で運営が行われていたので、計画以外に勝手なことは出来ず、まぁ自由度がなかったこともあるだろう。とにかく我々の研究組合は何でもありの既成概念にとらわれない組織だった」

「……ところで、魚の鮮度を保持する溶液の濃度はどのくらいだったのですか？」

「鮮度保持液と呼んでいたが、利用する場合は１０００倍に希釈して用いたものだ。もとの原液である鮮度保持液は、飲んでも水とほとんど変わらない味だった。１万倍のも開発した。10万倍用もあったな………その上もあたかかな……」

「10万倍ですか!?」

「そうだ、10万倍は水産ではなく、田んぼに利用された」

「深層水を田んぼに利用したのですか？」

「その通り。お二人は海のことしか目に入らないだろうが、深層水の利用分野は海から陸へ広がった！」

「１０００倍までは現実的ですが、10万倍となるとちょっと考え込んでしまいます。ヨーロッパではホメオパシーという同種療法が医療分野で使われていますが、何か似ているようにも思えますが…………」

「……私も平成9年当時、鮮度保持液とホメオパシーの類似性について興味を持って調べたことがあったがあまり共通性は見いだせなかった。ホメオパシーは、10倍、１００倍と元の液を希釈していくが、鮮度保持液はそう言った希釈ではないし、加熱処理しようが凍結処理しようが効果は失われないどころか、加熱することでより効果が増した」

「……!?……」

「……加熱……」

「……報告書にも述べてあるが、鮮度保持液はソデイカ1号より汲み上げた600mと1400mの深層水をある比率と順序で混合し、更に蒸留水または真水で深層水と同様にある比率と順序で混合したもので、この段階で120℃の加熱処理を施してある。殺菌のためだ。……実際に使う時は、これを原液として1000倍、1万倍にして使用する」

「……どうして1000倍や1万倍の希釈倍率を決めているのですか?」

「……それは、あなた方が答えを探すべきだよ。……僕にも詳細は難し過ぎた……」

「……600mと1400mの深層水の混合割合にヒントが隠されているのでしょうか?」

「そんな単純なことではないと思う。……一端途絶えた技術を蘇らせるのは大変なことだ。半世紀前に確立された技術だぞ……」

「…………」

「……仲栄真さん、鮮度保持液は今でも現存するのですか?」

「ある。……あったんじゃないかな。私が組合長の時に研究組合の事務局よりもらった原液が残って冷凍されているはずだ。……確か1000倍じゃなかったかなぁ」

「40年間も冷凍されているんですか。……もし現存しますなら大変貴重なものと思いますが……サンプルを少し戴けますか?」

「どうぞ。帰りに漁協に寄り、探したらいいよ。運良く見つけたら全部持って帰っていろいろ分析や試験をやったらいいんじゃないかな……」

「……どうして鮮度保持なんかに取り組むことになったのですか？」

「先ほど話したように、平成9年6月にＭＨＫが取材にきて、機械のソデイカ1号ばかりではなく、深層水を利用して開発された応用面で手がけている製品はないかとなった。それが始まりだね……しかし、漁師の協力を得て鮮度保持液を漁槽に入れたりしたが、うやむやで終わってしまった。……その後、泉崎さんは、当時県庁のＯＢから水産加工会社の社長に就任していた。その水産会社は漁船向けの氷も作っており、何隻かの漁船と直接取引もしていたので、漁船の中でも積極的な船に協力してもらって鮮度保持液を使って作った氷の本格的な試験をすることになったのだ。

19トンのマグロ漁船で、海水氷用の2槽の漁槽をもっていた。船長は沖縄の人ではなく八丈島出身だった。船長の話では、深層水は初めてだけど鮮度を保つという商品は数多く試してきた。しかし、ほとんどの商品はカタログに書いてあるようには成果が出ず、悪く言えば欺され続けてきたと言っていた。深層水は最初の試験ではあるが、これまでの経緯もあるので慎重には慎重を期して最初に漁獲する漁槽に鮮度保持液を添加して作った氷で試験を行うことになった。このマグロ漁船は1航海が約2週間を要したな。……入港当日、我々研究組合の理事もカメラ持参で何人かが漁港に行き水揚げに立ち会った。漁槽を漁師は瓶と呼んでいたがその蓋をとるまでが緊張した。船長が瓶の蓋をとった。臭いがほとんどしない。もう一つの瓶のほうは少々臭い。船長はマグロと一緒に獲れるカツオも数匹瓶に入れていた。皆さんも知っているだろうけれど『カツオは釣り上げてから3日と持たない。オチが速い魚だ』……鮮度保持液を添加して作った氷を入れた試験区のマグロは上出来だった。瓶からの排水を船外に放出するが、試験区の瓶の排水は泡もほとんどないが、鮮度保持液を使用しない氷の瓶の廃液は泡立ち、臭いがきつかった。

カツオも3枚に裁いたが異臭もなく刺身で食べられた。2回目の試験になって、船長は対照区はいらないと言い出した。全部の瓶に使うことになったのだよ。1回目の結果が良かったものだから試験区と対照区を設ける必要はないとの理由でね。……この鮮度保持液の氷を使用したマグロ漁船の入港日と水揚げ日は、話題が話題を呼んで人だかりが出来るまでになった。地元のマスコミも駆けつけて記事になった。普通の漁船が入港するたびに漁業関係者以外の人が大勢賑わうことは、開港以来2回目だと漁協の組合長は語った。1回目はイタリアの帆船が寄港した時だ。……私の漁協でもいち早く取り入れて漁船に使ってもらった。当然、魚の鮮度は上々なのだが、それよりも人気になったのが泡盛のオンザロックの氷として組合員以外の人々が良く買いに来たことだ。氷が溶けにくく、味がまろやかになると評判だった……」

「……少々前に戻るかもしれませんが、仲栄真さんは鮮度保持液がどうして魚などを鮮度保持すると考えていますか？」

「確かに、鮮度保持液は元の深層水の塩分と比べると非常に低い。その濃度の低い鮮度保持液を更に1000倍、1万倍に希釈するのだからゼロの数だけ薄くなると考えるが、アボガドロ数に比べたら小さな数だよ。当時はこんなに薄くて効果があるのはおかしいという人が大半だった。研究組合の理事の中にも理解できない人もいた。現象が繰り返し再現されても理屈に合わないからおかしいというわけだ。もっと謙虚になればと、理事会で発言してやりたかったよ。理事長の城山さんは板挟みになって大変だったと思うよ。……さて、どうしてかという理由だが、私は……酸素に関係していると考えている」

「酸素ですか？」

「そう、酸素だ。鮮度保持は個体としては死んでいるが細胞はまだ生きている状態だ。考えてもみたまえ、酸素を必要とする生物である人間は呼吸を止めたら数分ともたない。水は生命維持に必要不可欠だが、水を飲まなくとも数日は生きていられる。つまり酸素は蓄えがきかない物質だ。魚でも同じで、酸素の供給を停止されたら細胞は急激に壊死してしまう。酸素がなければ細胞の中でミトコンドリアはエネルギーを作れない。酸素は生命維持に必要な基本中の基本の物質だ。……細胞の中で酸素は、活性酸素のように細菌をやっつけるいい働きもするが、ＤＮＡを傷つけたり悪さの代名詞のように言われてもいるけれどね……」

「魚の場合でも鮮度保持は組織の中心部まで影響していると話されていましたが、それではどうやって組織の内部まで酸素が運ばれるのですか？」

「正直に言ってメカニズムは分からない。細胞が真っ先に失うことで死を迎えるのは酸素が関係していることだけは確かだ。臓器保存の場合にカルシウムイオンのチャンネルの有無が重要であると昔本で読んだことがあるが、基本物質である酸素を忘れているように思える。……魚の場合、活き締めなどをすると心臓は停止するので各細胞への血液による酸素の供給が止まってしまうことになる。……他にこんな考えをしたこともあった。まぁ、これも酸素と関係することだけれどね。量子場脳理論の真似事なんだけれど」

「何ですか？　量子場脳理論って？」

金澤も原田も仲栄真老人が繰り出す多岐の分野に圧倒されそうだった。しかし、考えてみるとメカニズムを考える上で必要なのは柔軟な考えだ。

これまでの鮮度保持は、ビタミンなどの抗酸化剤を用いて個体の表面だけの見せかけの物が大半だった。組織の内部に及ぶ鮮度保持の作用は未踏査の分野なのである。何よりも鮮度保持は生命に直接関わる現象なのだ。約半世紀前に、現象が真っ先に出現し、研究組合がいろいろ考えあぐねいていた生き証人の理事が目の前で話しているのである。

「私どもは、受動的ではなく能動的に『なぜ』を追求してきた。なぜ1層の深層水では鮮度保持が出来なくて2層の600mと1400mでは可能となり、混ぜる順序に順番があるのか……私どもは素人集団であったが、考えたものだ。600mと1400m以外にいい組み合わせはないものかと考えたりしたが……また全く違った深度の深層水を採水して2層の組み合わせ、或いは3層の組み合わせを見つけることなども議論しようとしたけれど、資金的な体力は既になかった」

仲栄真老人の話は、2人を別次元に引き込もうとしているようだった。

「……量子場脳理論は、細胞が生きていることと死んでいることを水分子の電気的性質が形作る電磁場から出発する理論だ。生きている細胞の表面はプラスの電気を強く帯びているので、水分子はマイナスのほうを細胞に向けて並び、外側はプラスの電気となる。またその水分子の外側にもマイナスのほうの水分子が並び、タマネギのような形となる。そして全体として電磁場を作る。ここまでは生体と水分子の関係としてよく言われる内容である。量子場脳理論はその先を読む。まず細胞内の水は自由に回転運動をしていたものが、細胞内のタンパク質等に電気的に引きつけられて回転運動が出来なくなってタンパク質表面に並ぶようになるわけであるが、この時、自由に回転運動が出来なくなる『対称性の破れ』のために新たな量子が電磁場内に生まれるという。この対称性の破れにより南部‐ゴールドストーン粒子として『光子』が発生することを理論は予測している。この光子は電磁場にまとわりついて重さがある光子だそうだ……私は、この光子こそが鮮度保持に直接関わっているものじゃないかと見ている。細胞の集合体である生体は70％以上が『水』で出来ており、この光子は外からの僅かのエネルギーでも発生する。生体の中まで影響する鮮度保持効果とは電磁場の振動・伝搬により生み出される光子がミトコンドリアの電子伝達系に影響するからじゃないかと考えているんだが……」

「……難しい考えですね。生体の電磁場と水分子の電磁場の合体した電磁場に水分子の運動の対称性の破れによりまとわりつく光子が発生し、その光子が既存の電子のエネルギーを上げたりして細胞内のミトコンドリアの電子伝達系にバトンタッチされるとする考えだと理解しますが、それでも鮮度保存液がなぜ南部‐ゴールドストーン粒子の『光子』を生み出すエネルギーを持っているのかとはうまく繋がらないように思いますが……」

「……確かにおっしゃることも理解できる。そこが弱い部分だ。量子場脳理論では、視覚、聴覚等から入った信号は神経を伝わって脳の神経系に送られるが、こうしたエネルギーがまとわりつく光子に変換されてニューロンに保持され、それが記憶とか意識だとしている。……鮮度保持はニューロンとは関係ないが、細胞内ではまとわりつく光子が電子にエネルギーを与えたりすることで細胞を活性化している。鮮度保持液は、生体の周りに付着することで外の光や温度などのエネルギーを当然であるが取り込んで、生体内に広がっている電磁場に先ほどのまとわりつく光子を生み出していると考えている」

「……割とすっきりして来たように思います。生命現象は電子のやり取り、別の言葉で言えば電磁場のことですね……」

と原田が言った。

「……鮮度保持は実際のところ活用されたのですか？」

金澤が短刀直入に質問した。老人は落ち着いていた。

「先ほどのマグロ漁船は第三稲荷丸と言ったが、正味2ケ年ほど使われ評判も良かった。しかし不幸にも出漁の前日に船内のガス漏れで火災となり、船長は大やけどを負った。そのため船の修理を諦めた。……本当に不幸な出来事だったよ。……いい技術であってもなかなか鮮度保持液は広まらなかった。値段が高かったわけではないが沖縄県内ではあまり浸透しなかった。しかし、徐々に理解者も現れ、2漁協では製氷に使用され、別の2漁協では組合員が漁船に使った。ソデイカ1号の名前の由来になったソデイカ漁にも使用され、臭いの軽減などで喜ばれたよ。沖縄本島にある畜養マグロの会社が効果を認めて使い始めたのは確か平成13年頃だったかな。鮮度保持液を使用しないとお客に怒られたと営業に同行した時に言われたもんだよ……ハッハハハ。

……やはり何と言ってもビッグな出来事は、メキシコにある畜養マグロ会社で出荷の時に使用されたことだ。業界紙にも大きく取り上げられた。それが引き金となって大手の水産会社からも少しずつだが引き合いが来るようになった……いろいろあったね……」

「……そうだったのですか」

「……しかし、20年ほど前に鮮度保持液を生産している沖縄の会社への嫌がらせがひどくなり、技術の継承をいろいろ模索したのだが、全ての芽を摘まれてしまった」

「どういうわけなのですか？」

「魚の鮮度保持では特に外圧らしいことはなかったが、鮮度保持液が農業分野でも有効であることがわかり出してから……初めは間接的な攻撃だったが、技術が広まるにつれて外国からの圧力が表面化し、小さな会社は耐えられなくなった……」

「……もし、よろしければ具体的にお話ししていただけませんか？」

「……もう済んだことだから話せるが……私も製造会社に関わっていた当事者だった……遺伝子工学との競争があったのだ」

「遺伝子工学との競争？」

「そうだ。お二人も知っているだろうが20世紀の後半から遺伝子工学は飛躍的に進んだ。病気の診断、薬の開発、動植物を遺伝子工学を利用して改良したり、世界の大企業は100年に1度のビジネスチャンスと考えて多額の研究投資を行った。先進国と呼ばれた国々も国威の誇示とばかりに研究開発を後押しした。

遺伝子工学を事業の柱とする大企業は、鮮度保持液の技術が魚の鮮度保持に限定されている間は黙っていたが、農業分野、特に主食のコメ、ムギ、トウモロコシなどに使われ始めるとこの会社をつぶしにかかってきた。鮮度保持液の技術の展開を恐れたのだ。会社の買収や政治的圧力、これでもかこれでもかとやって来たね……」

原田たちは、その会社の結末を老人の話として聞くしかなかった。

13　農　業

「海水である深層水が植物にも関係する？　とても興味のある話ですね」

金澤がぬるくなったお茶を飲みながら老人のほうをみた。

「……平成11年（1999年）の夏だったと記憶しているが、私は研究組合の事務所に用事があって寄った日のことだ。那覇市の人で福沢さんか福田さん、とにかく福の付く名字の方が、趣味で庭に小型の水耕栽培装置を設けてサトウキビなど人がやらない植物を育てていた人だが、突然事務所を訪ねて来て鮮度保持液を分けてくれと来ているのに出くわした。

『お宅の深層水は魚の鮮度保持に効果があると新聞で読み、是非植物にも使ってみたい。魚にいいなら植物にもいいはずだ』との一方的な話だった。とにかく熱心な人だったのでどんな植物に使うのかなど一切聞かずに、サンプルをあげたように覚えている」

「……不思議な人っているものですね」

「沖縄には神がかりの人もたくさんいる。年も暮れの12月、この時も、那覇への帰りに研究組合の事務局に寄り、帰ろうとした時だった。夏に会った水耕栽培のその人が紙袋を持って事務局に入って来た。にこにこしているからどうしたのかと内心不思議に思いつつ挨拶をすると、『面白い結果になった』と言って、テーブルに紙袋の中身を広げ始めた。それは今まで見たこともないような大きなオオバの葉だった。大男が手を目一杯広げたような大きなオオバの葉だった。

その時、突然、ハイポミカ農法という特別な水耕栽培による1万個の実をつけたトマトのことを思い出した。オオバの葉は大柄だけど、ゴワゴワ感はなく香りも柔らかい感じがしたよ」

仲栄真老人たちは、その葉をカメラに納めたり、コピー機で写したり記録を残した。後日、福岡県の人が研究組合に訪ねてきた時、そのオオバの葉をみて驚き、写真などの資料をコピーして持って帰った。巨大オオバのニュースは、福岡から佐賀のミニトマトを水耕栽培している農家に伝わり、翌年の苗から鮮度保持液を水耕液に添加した実証実験が始まった。

施設はガラス張りの大きな建物で、1つの棟が約1000㎡あり、全部で6棟を所有している農家だった。その1棟を試験施設とした。毎週のように事務局に佐賀の農家から電話が入ったという。

「鮮度保持液を水耕液に添加して2日目だが、効果を確認した」

「えっ？　こんなに早く分かるのですか？」

「わかる！　水耕液の電気伝導度を自動チェックしているのですぐわかる。肥料の吸収がすこぶるいい」

また、ある時は、「トマトの花が八重桜のように満開だ」と連絡が入ったり、地元のテレビ局が取材に来たなど話題を振りまいた。平成12年（２０００年）のことである。

仲栄真老人は続けた。

『鮮度保持液は沖縄で生まれたのに、地元で使わない手はない』と言い出す人が石垣市に現れたんだ。石垣市の確か高村隆史さんと言ったと思うが、知人でゴーヤー（ニガウリ）と菊を栽培している農家に話を持ちかけた。この農家は、ゴーヤーと菊のビニールハウスをそれぞれ2棟ずつ持っていた。ゴーヤー栽培は土耕である。10月に苗を植え翌年の5月から6月頃までが出荷時期である。鮮度保持液は、水で希釈して10日に一回の割合で葉面散布を行った。高村さんへは農家の人より鮮度保持液を使用し出したらゴーヤーの生長が早いとの連絡は頻繁に入っていたようだ」

「………」

「3月22日、朝一番で佐々木さんに石垣の高村さんから電話が入った」

「……3月22日って良く覚えていますね」

と金澤。

「当然！　お彼岸、春分の日の翌日だからね。……佐々木さんから聞いた話は次のようだった。農家の人は、お彼岸用の菊の出荷に追われ、4日ほどゴーヤーのハウスには行けなかったそうだ。22日朝、5日振りにハウスのビニール戸を開けて中に入ったところ、今までに見たこともない巨大なゴーヤーがたくさんぶら下がっていたということだ。浦添の研究組合事務所にも巨大ゴーヤーを送ってもらったが、果実の長さが32㎝、胴周りが28㎝、重さも６００ｇもあったよ。……一般的にゴーヤーの規格は、１

本当たりの重さが３００ｇから３５０ｇ位と段ボール箱の大きさで決まっている」

仲栄真は、懐かしそうに数字を並べた。

「……送られてきたゴーヤーで最も大きかったのは果実長38 cm、重さは何と１kgもあった。佐々木さんは、どこまで大きくなるものか調べてほしいと高村さんに頼んだ。なんと果実長が42 cmを超すものまで生長した。その後、城山理事長と佐々木さん、そして平塚先生も同行して石垣の農家のゴーヤービニールハウスの見学に行き、記録写真をたくさん写してきた。あとで見せてもらったがただただ大きかった……。

農家の人に聞いた話だが、普通のものは確かに１本のツルに１本や２本だけなら大きく出来るのだそうだが、ツルが疲れてしまいその後のゴーヤーは受粉しても実が小さいうちに落下してしまうとのことだ」

「仲栄真さんはその巨大なジャンボゴーヤーを食べましたか？」

「食べた。苦みが少々和らいだ感じだった。研究組合事務局の女性職員が、少々厚めに切ってキムチの素をまぶすと、歯切れのさくさくした美味しい『ゴーヤーキムチ』が出来たよ」

「炊きたての熱いご飯に合いそうですね」

金澤が食べたそうに話した。

「その後、鮮度保持液のゴーヤーへの利用は広まったのですか？」

「……そうそう思い出した。沖縄ではゴロ合わせで５月８日はゴーヤーの日だ。高村さん達は新聞社の取材を受け、巨大なゴーヤーを前にニコニコした姿で大きく記事に取り上げられた……石垣で鮮度保持液の野菜への利用が始まり、その後ここの宜野山村、知然村でも専業農家が使用したが、農家の個人的な事情で数年しか続かなかった」

「……魚の場合もそうですが、鮮度保持液は受難ですね」

「鮮度保持液の価格は十分農家が利用できるように設定したのだが、なかなか広まらなかった。しかし、鮮度保持液の効果はすごかったぞ。生産量が200%から250%確実になった」

「200%から250%ですか！」

「20%から25%じゃないぞ。200%から250%だ！」

ハウスでのゴーヤーは、人工受粉させ実を付けさせるが、たくさん実をならそうと受粉を多くすると、結実してもすぐに落下するのが多く、平均的な収穫量はほぼ決まっている。鮮度保持液はゴーヤーに元気をもたらしたと言える。

「他にもいろいろ試されたのですか？」

原田が久しぶりに質問した。

「……いろいろ試みた。……コメ、メロン、スイカについて話そう。まずコメは、石垣市で最初に栽培に使用したが、台風などの影響でちゃんとしたデータがとれなかった。名護市の田んぼでも試みたが、収穫が多くなることは分かったのだが、明確な数値は出せなかった。沖縄は2期作であるが、普通1期作と2期作の収穫を比べた場合、2期作の収量は1期作の半分近くまで落ちる。ところが鮮度保持液を使うと2期作の収量はあまり落ちないことが分かった」

「……どのような鮮度保持液の使い方をしたのですか?」

「コメはゴーヤーのように10日に1回の葉面散布は出来ない。まず籾の浸漬の時に鮮度保持液を水に添加して使用する。次は苗床の段階でゴーヤーと同様に葉面散布だ。ここまではゴーヤーと同じ鮮度保持液を使用する。……田んぼへの田植えから別の鮮度保持液に変える。本州だと5月に田植え、9月に稲刈りだ。鮮度保持液は、5月と6月と8月の計3回使用する、1回当たりの使用量は1ha当たり10ℓを田んぼの水口より添加するだけだ。栽培期間中に合計30ℓのみだ」

「1haにたった30ℓだけですか?……7月は使用しないのですか?」

と金澤が聞いた。

「7月は、田んぼの水抜きを行うから使わない。中干しというそうだ。水を抜き、土を乾燥させることで根が地中に張り稲が倒れにくくなる」

「そうですか……」

「秋田の中潟村で厳密な栽培試験をしてもらった。試験区の田んぼの大きさは1・25haだ。村の稲作営農指導センターも興味を持ってくれて協力してくれた。

稲熱病の発生もほとんどなく、風で倒れた稲も少なかったと聞いている。稲の分げつ(株別れ)が促進され、根も細い毛根が多かった。肥料分の吸収にいいそうだ。稲の長さを草丈と呼んでいるがそれも対照区より長かった。ワラの重量も多かった。……そして、コメの収穫量は何と142%にもなった」

「142％ですか！」

「そうだ。この数値は偶然でも何でもないしっかりとした数値だ。山形県の農家でも、高知県の農家でも同様の増収を記録している。台湾、韓国でもほぼ同様の結果だったよ」

「今の遺伝子工学による成果よりもずっと上ではないですか！」

「稲の専門家は草丈をなるべく抑えて風による倒れを防ぎ、また葉を少なくして籾のほうに栄養分が行くように考えているようだが、私は疑問を感じている一人だ」

「どうしてですか？　コメを増産させようとするならば、なるべく収穫物の籾が増えるように考えると思うのですが……」

「植物は光合成を行ってデンプンを作っている。光合成を行うのは『葉』だ。工場である葉を少なくしてどうして増産が出来ようか。矛盾している。また、機械で刈り取りを行うために稲が倒れないように余り草丈が伸びない遺伝子を導入しているが、倒れを防ぐなら根の張りを良くすることで肥料分の吸収も促進され、元気な稲となり収量も増える」

「……確かに理にかなっています」

「私どもは鮮度保持液の希釈濃度を変えて栽培試験を試みたこともある」

「何かわけがあるのですか？」

「添加濃度を変えることで草丈を制御出来ることが分かったのだよ」

「えっ！　そんなことまでやったのですか」

「……やはり、大手の農薬メーカーから睨まれたわけですよ……」

「オオバの葉が巨大化したり、ジャンボゴーヤーになったりするメカニズムの解明に、平塚博士は科学者としていろいろなアドバイスをくれた。つくば市の研究所に頼んで遺伝子解析をお願いしてくれたのも平塚先生だ。……当時、植物の全遺伝子が分かっていたのはイネとアラビドプシス（シロイヌナズナ）だけだった。先生はイネに鮮度保持液を作用させることで鮮度保持液の作用メカニズムが解明できると見ていた。発芽の段階で10個以上の遺伝子が発現していることが分かった。1個でも動いたら学会に発表して研究成果を競っていた時代だ」

「10個以上も見つかったのですか！」

原田は驚きの声を発した。

「ところが予算が底をついて、それ以上の解明は後に回された……」

「もったいないことでしたね」

「まぁ、イネにはそんな思い出があるなぁ……。次にメロンの話をしよう。メロンは千葉県の農家が取り組んでくれた。この農家は1本のツルに4個の実を付ける栽培方式だ。葉面散布を10日置きに行った結果、メロンの実は糖度もまして大粒となり、出荷箱も５５０箱から７００箱に増えた……」

「そんなに増えたのですか。……約１３０％ですね」

「メロンもスイカもそうだが、玉が大粒になると果肉内に空洞が出来てしまうことが良くあるが、鮮度保持液を使用した物にはそれは発生しなかった。2年目には、1年目の成果が良かったものだからツルも元気があったので、1ツルに5個を付けて栽培した。その結果、出荷箱は試験初年度の550箱から1000箱に増えた………」

「……！……」

「！……200％に近い増産ですね」

「スイカは面白かった。……佐々木さんが休暇をとって故郷に帰っている7月のことだ、はっきり覚えている。……千葉のそのメロン栽培農家より携帯電話に緊急連絡が入ったそうだ。メロン栽培農家はスイカもつくっていたのだ。突然、電話口から『鮮度保持液をスイカに使ったら、全滅した』と聞こえてきた。農家の主人は、電話のはじめの口調は怒ったような声だったそうだ。会話が進むうちに、スイカがゴーヤーのように巨大になり、畑から持ち出すのが困難になったということが本音らしかった。道から見ると、葉の間からスイカの丸い頭がポッカリと出ているという。こんなの初めての経験で電話が終わる頃にはゲラゲラ笑っていたそうだ。既存のスイカ箱も使えないとこぼしていたようだ。佐々木さんは休暇を切り上げて、千葉の農家に寄り、実際のスイカに対面した。1個の重さが4kgから5kgにしかならないスイカが、15kgを超え、20kgを超したのもたくさん収穫できたという。食べてみたが甘く、糖度も14度もあった。当然、巨大化した時によく見られる空洞はなかった。この農家のスイカは近所でも評判になり、ほとんどは売約済みとなったそうだ。畑のまだ生長期の小粒のスイカも売約済みだったそうだ………」

「すごいですね……」

「その他にも、ジャガイモ、トウモロコシ、サトウキビなどの栽培試験を行った。ほとんどが収量で130％から140％の増産だった。トウモロコシは、研究組合事務所にも送られて来てみんなで生の物を試食したがとても甘く、ミルクに砂糖をたくさん入れたような感じだった。口の周りがべたべたしてね……」

「………！」

「トウモロコシの糖度は19度もあったよ」

「……鮮度保持液は、眠っている遺伝子を発現させて、増収とか糖度を上げたり、病気に強くしたり、そして根の伸張に効果がでるのですね」

「……こうして思い出すと、みんなでいろいろなことをよくやって来たものだとつくづく思うよ」

「仲栄真さん、何度もお邪魔していろいろ聞かせていただきありがとうございました。また、お伺いしてお聞きすると思いますのでよろしくお願いします」

「いつでも待っているよ。頑張りなさいよ」

14　凍った鮮度保持液

原田と金澤は、老人宅を後にして、宜野山漁協に向かった。暑い午後である。

昼過ぎの漁協はひっそりとしていた。事務所のガラス戸をあけると職員の島山が机に向かっていた。金澤が原田の前に出て名刺を出して挨拶をした。

「仲栄真忠吉さんとお会いしてきました。仲栄真さんから言付けをもらってきたのですが、冷凍庫に鮮度保持液が保管されているので研究用に貰いなさいとのことでした。……よろしいですか？」

「……鮮度保持液？　私は分かりませんけれど……冷凍庫なら隣ですから探してみてください。鍵は開いています」

事務所の隣には、組み立ての鉄筋に波トタン板で敷かれた屋根の冷凍庫らしい倉庫がコンクリートのブロックに載って2棟並んでいた。2つとも20フィートコンテナを改造し断熱材を貼り付けた手作り物であることがすぐ分かった。

ブーンとモーターの音が響いている。

原田は大きな横の取手を力一杯引いた。10cmほどの厚みのあるドアが開いた。魚の強い臭いが漏れてきた。暗がりの中には無造作に段ボールの箱や発泡スチロールの白箱が積み重ねられている。それは冷蔵庫だった。

「これ？……」

と金澤が横のコンテナのほうに移動してギィーッとドアを引いた。白い空気が地面に垂れ、冷気が２人の足元を包んだ。

「ライト？」

原田はドアの右内側にスイッチを見つけ押した。冷凍庫も冷蔵庫同様にほとんど整理されてはいなかった。金属製の３段棚に段ボールの包みや大小の発泡スチロールの箱が積み重ねられ並んでいる。天井には裸電球が一つ灯り、コンテナ全体を照らしている。

「先輩、ここで待っててください！」

原田は言い残して事務所に走っていった。

戻ってきた原田の手には防寒服が２着と分厚い皮の手袋、長靴があった。

２人は眼鏡を外し、防寒服に腕を通した。少し臭いがした。装備を着用すると冷凍庫の中に入り、入り口のドアを閉めた。

「どこに仲栄真さんは置いたのでしょうか？」

「きっと奥のほうだよ」

冷凍コンテナの広さは狭いが、荷物が重なり合って置かれていたために探すのに手間取った。

「これだ！　見つけました！」

原田の声に金澤が反応した。そこには『平成20年10月　仲栄真忠吉』と、黒のマジックで書かれた少し潰れかけた50 cm四方の段ボール箱が5箱積んであった。

「これ、全部が鮮度保持液でしょうか？」

2人は段ボール箱を入り口の近くに運ぶと箱を開けてみた。

カチンカチンに凍って少し膨らんだペットボトルが横になって入っている。

一番上と二段から四段目の箱のペットボトルは白い曇りガラスのような色合いをし、それぞれ『×1,000』と『×10,000』と書かれた紙が貼ってあった。一番下の段ボール箱のペットボトルは茶色に色のついたものと曇りガラスの色合いのペットボトルが半分ずつ入っている。そして『海』と書かれた紙が貼られていた。

「いったい何でしょうかね」

「この〈1,000〉とか〈10,000〉と書かれたペットボトルは、多分1000倍、1万倍に希釈して使うのだろう……こちらの『海』は何だろうか……原田、これは仲栄真さんに聞いてみないと分からないぞ……」

仲栄真老人は外出し留守だった。

「……しかし、良く残っていたものですね。効果はまだ有るのでしょうか」

「早速調べてみよう。明日、再度仲栄真さんに会ってくれ」

「はい。あの紙の数字は多分希釈倍率と思いますが、使用方法などについて仲栄真さんに詳しく聞きます。『海』と書かれた茶色と無色のがありましたけれど……」

「……『海』のほうに興味があるよ、僕は……」

勝連の研究所への帰路の話題は『海』のペットボトルのことであった。

「ソデイカ1号の海域には魚がたくさん集まってきていい漁場になる……集めるのに最も確実な方法は、餌を与えることですよね。報告書の内容をそのまま受け取れば、2層の深層水の混合が引き金となって植物プランクトンが増え、そして小魚が増え、魚が増えるという食物連鎖ですが……ソデイカ1号は汲み上げる深層水量も非常に少なく、この分野の専門家からはほとんど無視されたか、相手にされなかった〈海洋肥沃化装置〉だったのでしょう……」

「しかし、謙虚に耳を傾けるならば本当の答えが見つかるかも知れないな」

「……山田薫博士って言っていましたね。帰ってからインターネットで検索してみますが、大分過去の人だから無理かも知れませんけれど……」

「……見つかればいいけどね……」

「……佐々木さんは、山田博士の仕事をヒントに鮮度保持液を開発したわけですね……あの『海』のペットボトルは海に撒くのではないでしょうか。海に撒くことでプランクトンが増える溶液ではないでしょうか」

「そりゃあ、大変な躍進だ。ソデイカ1号は複層の深層水により触媒作用を持つに至った。山田理論により大気と太陽光と海水により無機物、有機物が合成されてプランクトンの餌となり……もしかして茶色の溶液は複層の深層水の代わりをするものかも知れないね……」

「先輩もそんな予感がしますか？」

「……しはじめたところだ。それにしても少なすぎないか？……いずれにしても原田がNIRAIで話していた、装置に頼らない海洋の肥沃化の一歩に向けたステップのヒントになるよ……」

「……しかし、無色の『海』もありましたね」

「とにかく、明日、仲栄真さんに会って聞いてくれ」

翌日、勝連の研究所の近くは、久しぶりに午前中は小雨が降った。原田は宜野山村にハンドルを向けていた。

「ごめん下さい。原田です」

返事がない。仲栄真老人は家の裏で畑仕事でもしているのではないかと、原田は庭を通って裏に廻ってみた。

「仲栄真さん、原田です。また来ました」

老人は手を休めて振り返り笑顔を向けた。

「昨日、漁協に寄りまして、冷凍コンテナの中に仲栄真さんの段ボール箱を見つけました……」

「鮮度保持液は健在だったか！　それは良かった良かった……表の庭で話そう」

2人は縁側に腰を下ろした。

「鮮度保持液が見つかって良かったね」

「はい、凍りついていました。5箱ありました。それぞれの箱には紙が貼ってあって、『×1,000』、『×10,000』そして『海』と書かれていました」

「『×1,000』と『×10,000』は、魚と作物に使う鮮度保持液だよ。1000倍と1万倍に希釈して使用する。もう一つの『海』は確か海洋肥沃化の実験用に佐々木さんが作り保管しておいた物だ……」

「海洋の肥沃化ですか！」

金澤と想像を逞しくして話しをしたが、そのものずばりであったことに原田は改めて驚いた。

「佐々木さんから貰った資料があったのだが、探し出せなくてね」

「『海』についての資料ですか？」

「そうだ。見つけたら送りたい。送り先を紙に書いて」

と、老人はいうと腰を上げて部屋に入っていきメモ用紙と鉛筆を持ってきた。

「私も年だ。漁協の冷凍庫の鮮度保持液は全部持ち帰り、分析するなり、鮮度保持の実験をするなり試してみてはどうか……随分時間が経っているけれど使えると思うよ。鮮度保持液は冷凍しても10年はもったからね……」

「全部いいのですか？」

「有効に使ってくれたら研究組合も喜ぶに違いない」

「ありがとうございます。早速、実験に使用してみます。必ず報告に伺いします」

「……鮮度保持液よりも上を目指してくれよ、頼むぞ」

「……精一杯頑張ってみます。……ところで『海』はどのような使い方をするのですか？」

「ソデイカ1号の代わりだ」

老人は一言で単刀直入に言った。

「……『海』を海水で希釈して海に播くのですか？」

「違う。そのまま海に播くのだよ」老人は一瞬考えてから話し続けた。

「確か、1ℓで半年間は大丈夫だったたかなぁ。影響を受ける海の面積も1平方キロほどじゃなかったかなぁ……」

「1ℓで6ヶ月間！　1平方キロ！　そんなに少ない量でいいのですか？……それとあの茶色と無色の2種類がありましたが、何か作用が違うのですか？」

「うーん、ど忘れしてしまった。資料に確か書いてあったように覚えているが……」

原田は、仲栄真宅を後にしようと車を走らせバックミラーに目をやると老人が道に出て手を振っている姿が見えた。原田は軽くクラクションを鳴らし漁協への道を左に切った。

15　鮮度保持液「海」の確認

原田は夕方近く研究所に到着した。凍った5箱の段ボール箱を車から降ろし、1階にある大型の冷凍庫に取りあえず保管した。段ボール箱には、大きな文字で〈金澤〉と書いた紙を剥がれないように貼り付けた。

古波蔵も加藤も実験のためにNIRAIに行っており、2階の第一研究部の研究室には比嘉と数名の研究員がいるだけだった。

「部長、鮮度保持液を全部預かってきました。1階の大型冷凍庫に部長名で保管してあります。やはり『海』は海洋肥沃化のための溶液でした」

「……そうか」

「部長……私に『海』の実験をさせてもらえませんか。NIRAIのためにも鮮度保持液のことを調べてみたいのです」

「……どのように進めるつもりだ」

「……はい、もう数回、仲栄真さんとお会いし、鮮度保持液と『海』について聞きたいと思います」

「原田の知識を総動員してもソデイカ1号のような働きをする装置……失礼だけど偶然の結果の産物かも知れないが、鮮度保持液の効果と似たような液体を映画でも何でもいいから見聞きしたことがある？」

「……ないですね。報告書によるソデイカ1号の製作と設置は共感できるものがありますが、深層水を汲み上げた以降の成果は、ほとんどが言葉は悪いですが非常識なものばかりです。特に鮮度保持の技術と植物の生長制御、そして極めつきは海の肥沃化です。……鮮度保持と植物については、メカニズムは解明できそうですよね」

「確かにね。鮮度保持は臓器の保存に関係するし、エネルギー供給体としてのミトコンドリアに行き着くことになるだろうね。ミトコンドリアがまず必要なのはブドウ糖だけど、そのためには酸素がなくてはならない。仲栄真さんの考えは的を射ているよ……。植物の生長制御は、遺伝子の発現を見ていけば不思議でも何でもなくなるが、2つに共通している疑問は鮮度保持液の何がそうさせるのかということだ。根本的なメカニズムの解明がはっきりすれば新型の鮮度保持液の生成も出来るようになるだろう……………そう、思うよ」

「確かに我々もNIRAIで実験したように二種類の深層水を混ぜた時のウニへの作用と、1つだけの深層水では作用が違うことは確認しています。混ぜることとって何なのでしょう。それに順序が存在しているのですから……」

「……やっかいだな、順序もあるのだから」

「量子論にありますよね。行列力学ってです」

「……深層水は超マクロの量子力学ってわけか。掛け合わせる順序を変えたら何故結果が違うのかって学生の頃、教授に質問したら怒られたもんだよ。自然がそうなっているのだから、これ以上は答えようがないと」

「そうですね。夕焼けが赤いのは赤い光が散乱されずに目に届くからだと教わりましたが……自然界、とくに根源的な質問に答えられるものって少ないですよね」

「掛け合わせる順序が存在するのは、空間がそのように出来ているからという答えにならない答えしかない」

「でも、順序を変えたら変わるという現象は身近にも結構あると思います。例えばマヨネーズです」

「マヨネーズ？？」

「小学生の頃、家庭科という時間があってマヨネーズの作り方を教わったのです。マヨネーズは、卵の黄身とオイルで作るのですが、コツはたったの1つ。黄身をかき混ぜながら少しずつ少しずつオイルを混ぜていくことなんです。面倒だと言って一度にたくさんのオイルを混ぜるものなら黄身とオイルは分離してしまいます。逆真成らずです」

「なるほどね。タンパク質の黄身とオイルは、疎水基と親水基の関係だ。元々から電気的に方向が決まっている。深層水もマクロレベルで何らかの方向が定まっていると考えられるかも知れない」

「……部長、面白いことに気が付かれましたね」

疎水基は、水に馴染まず、油によく馴染む分子構造のことである。水分子は、酸素の部分がマイナスに、水素の部分がプラスに帯電しているので分極していると表現される。オイルなどの炭化水素基などは分極していないため、水と馴染みにくく、溶けない。親水基は、疎水基と反対に水によく馴染む分子構造のことである。

「海水には多種類のミネラルが溶けており、ほとんどが金属元素だからプラスイオンであるけれど、マヨネーズ理論では鮮度保持液の説明は参考になっても説明は難しいね……」

「……部長、鮮度保持液『海』は冷凍されてから随分時間が経過しています。宜野山漁協の冷凍庫の温度は家庭用の冷凍庫とほぼ同じのマイナス20℃ですから、冷凍保存の条件としてはあまり良くありません。はたして戴いてきた鮮度保持液の効果が残っているか分かりませんが、早速調べてみたいと思います」

「分かった。所長へは私から報告しておくよ……」

話を終え、原田が部長室を後にしようとした時、金澤が言った。

「大丈夫じゃないか!……鮮度保持液は酵素などではないみたいだぞ。仲栄真さんが加熱しても効果が変わらないと言っていたのを思い出したよ」

「そうなることを願って実験します」

翌日、原田は1階の冷凍庫に行き、段ボール箱の中の鮮度保持液を見たが、異常はなく全部が凍結したままであった。原田は、『海』の箱から茶色と無色の鮮度保持液をそれぞれ1本ずつ取り出し、研究室に戻り解凍のために流し台に放置した。念のために、〈原田〉と書いた小さな紙をそのペットボトルの首に付けた。

翌日、原田は研究員の比嘉に頼んで、シャーレーにそれぞれの鮮度保持液『海』と蒸留水を少々注ぎ、次にカイワレダイコンの種を等量入れて蓋をして恒温器にセットしてもらった。

「原田さん、何ですか？　この茶色の液は」

「ちょっと、部長に頼まれてね」

「臭いも何もないですが……」

原田は、隠す必要はなかったのだが、自分で静かに慎重に調べたいと思った。

翌日、原田は朝一番で恒温器のドアを開け、シャーレーを見た。『海』の解凍液を入れたシャーレーの蓋の内面は、蒸留水のシャーレーよりも結露が多く、曇っていた。

「やった！　大丈夫だった」

原田は、大声を出したい衝動と、タイムカプセルをようやく開くことが出来た嬉しさに一瞬であるが浸ることができた。

ここで原田が行った試験は、ある液体が植物に活性効果があるか否かを調べる簡単で確実な方法である。種子を試したい液体に浸漬することで、液体に活性効果があれば種子の休眠を解除して発芽に速やかに移行させる。この時、種子は蒸散を活発にする。原田は、シャーレーの蓋の内面についた結露を見て、40年間凍り続けた鮮度保持液が生理活性効果を持っていると判断したのである。

原田は、シャーレーの結露結果をデジタルカメラに収めた。机に戻るとパソコンを立ち上げ、先ほどのシャーレーの写真をプリントアウトした。


金澤が階段を上がってくる靴音を原田は部長室の長いすで待っていた。

「お早う。早いね」

「部長、鮮度保持液は大丈夫でした！」

「よかった。こんなに違うのか」

金澤は原田が広げたシャーレーのプリント写真をみて口元を緩めた。

「午後、仲栄真さんに会ってきます。このプリントもお見せしようと思います。報告書も返してきます」

「仲栄真さんによろしく伝えてくれ」


「そろそろ来る頃だと思ったよ。原田さん」

仲栄真老人は、ニコニコして原田を迎えた。いつものように湯飲みになみなみとお茶がつがれ、ガラスの小皿に数個ばかりの黒糖が載っている。

「報告書、どうもありがとうございました。コピーをとらせて戴きました」

「参考になったかなぁ。……お茶にはまず黒糖だなぁ」

と老人はいうなりお茶をすすった。

原田は、黒いバックから透明のファイルに入ったシャーレーのプリント写真を取り出し、テーブルに広げた。

「預かっています鮮度保持液の『海』と書いてある溶液を解凍し、カイワレダイコンの種で活性を調べた写真です。蓋にたくさんの結露が見られます。こちらは蒸留水で行ったものですが、差は歴然です。結露の多さが溶液の活性の高さを表します」

「……よーく調べたね」

老人はしみじみとした目でプリント写真を見つめていた。

「仲栄真さん、お尋ねしますが、あの茶色の物質は何ですか?」

「確か鉄の化合物だったはずだ。鉄は植物プランクトンの増殖には必要なものだが、詳細なことは分からない。透明なほうは深層水の調合液だったと思う」

「……私どもは、海の肥沃化を研究しています。大型の海洋構造物を海に浮かべ、600mの深さから毎日100万トンの深層水を海面に放流し、プランクトンを増やそうとしているのですがなかなかうまく行きません……」

原田は初めて外部の人に自分たちが関わっている研究の現状について話した。

「100万トンか。それでは魚も寄ってこないだろうな」

「……そうなんです。ほとんどいません」

「以前に話したと思うが、深層水には毒性があるんじゃよ。魚は敏感だから深層水に気づいて逃げていくのだ。……魚にとっては深層水は臭うんだよ」

老人は鼻をクンクンとさせて原田を笑わせた。

「……鮮度保持液は分析しても特徴のある液体じゃない。過去に民間を含めいろんな研究機関が分析したようだけれど、水と何も変わらないとケチを付けられただけだった。原田君も分析したの？」

「いいえ。まだやっていません」

「是非、試験をお願いしたい。茶色のほうを解凍し、海に撒くだけだ。最低、１ℓは撒いてほしい」

「すぐ実験に取りかかります。鮮度保持液の茶色い成分は鉄化合物と先ほど話されましたが、その他に何か添加されていますか？」

「……マグネシウムが入っていたと思う」

「鉄とマグネシウムですか。鉄は理解できますが、どうしてマグネシウムなんでしょうか」

「……佐々木さんがいろいろやっていたからなぁ。鉄にはマグネシウムが必要と言っていた。……実験にはうちの組合の漁船を出してもいいぞ」

「ありがとうございます。是非お願いします。後日打ち合わせに来たいと思います」

老人は原田の話を傍らに、携帯電話を取り出して何やら電話をかけている。

「原田君、親戚の者が船を持っているので電話をしたところだ。協力してくれるそうだ。善は急げの譬えだ」

原田は、仲栄真老人に鮮度保持液の根本的なことの質問を考えていたが、結局出来ずに終わってしまった。逆に尻を叩かれてしまったことで、一瞬、石原所長と古橋教授の顔が浮かんだ。

「原田君、4時までには時間があるが、盛一が漁から帰ってくるので会ってみないか……」

盛一とは仲栄真の甥に当たる漁師である。

「是非会わせて下さい。お願いします」

原田は、時間を持て余す人間ではないが、午後4時前まで一人でぶらぶら過ごし、仲栄真老人を乗せて漁港に向かった。船着き場は、漁から帰った船が止まり賑わっていた。会う人々に老人は声を掛けられ、気軽に返事をした。

「おおっ、帰ってきた」

港の正面に二重に堤防が走り、その間をぬって漁船が入ってくる。原田にはどの船が甥の漁船であるか分からないが、老人はすぐ反応した。ポンポンポンと軽やかなエンジン音が岸壁に近づいてきた。小型船である。船でほっかぶりをした女性らしき人が手を振っている。老人も軽く応じた。操縦室に人影が見える。

「原田と申します」

「我部です。よろしく」

「妹のとし美です」

岸壁と船の間で挨拶が飛び交った。

仲栄真老人と我部の母親が兄妹であった。

「いないなぁ……不漁だ。パヤオにも魚が付いてない」

漁船の瓶からは、大小数十匹の魚が大型のクーラーボックスに移され荷揚げ場に運ばれていった。

我部は原田よりも10歳ほど年上に見えた。身体ががっちりして逞しく、腕まくりした肌は海の男を実感させる風格である。眼鏡を掛けているせいで目の横はフレームがずれると薄い肌色の線が見えた。とし美は、髪を後ろで縛り、長靴姿がよく似合っている。

事務所前の大テーブルに座りながら話が弾んだ。

「実験の件だが、都合はどうか」

老人が尋ねた。

「原田さんの準備が整い次第、いつでもOKだ。ここずっと凪だし」

「……明後日は如何ですか？」

「いいよ」

「出来ましたら浮き魚礁の近くではどうでしょうか」

宜野山漁協の浮き魚礁パヤオは、漁港から船で約4時間の距離に浮いており、水深は約2000mほどである。

「パヤオなら朝は早いがよろしいですか？　朝4時の出港だが……」

「よろしくお願いします。当日はもしかしたらもう一人乗船するかも知れませんがよろしいですか？」

「弁当は各自持参だ」

仲栄真老人は静かに聞いていたが一言いった。

「おじさん、先に失礼するよ。夕飯の準備があるから……」

とし美が席を立った。

漁港の夕暮れは独特である。魚を捌いている人、買い出しに来ている人それぞれである。別のテーブルでは海の男たちが缶ビールと刺身で盛り上がっている。


結局、金澤は予定があって乗船は出来ず、原田一人だけの乗船となった。午前3時の道路はほとんど対向車もなく真っ暗闇の中を原田は車を走らせた。後部座席の段ボール箱に鮮度保持液「海」２ℓがプラスチックのサンプル瓶に入っているだけだ。

「原田さん、オートクレーブ処理してサンプル瓶に入れました。明日、船に乗られるそうですが気を付けて下さい。本当は僕も行きたいのですが……」

「今度一緒に行ってもらうよ」

最近入所した研究補佐の鈴木英福。その恨めしそうな言葉がハンドルを握っている原田に思い出された。

「運転と船、気をつけてね。はい、おにぎりとお茶。船酔いの薬も一応いれてあるから……」

「若菜と和之に大きな魚を釣ってくるぞと話して……じゃ行ってくるよ。……ナンバー・ワンの水も取り替えてね」

妻の紀子が眠そうな目で見送ってくれた。紀子たちの声を聞きつけた愛犬が「クークー」と小さな鳴き声を立てて原田に寄り添ってきた。

「ナンバー、お家を守ってくれよ……」

原田はしゃがみ込んで愛犬の頭を軽くなで、車に乗った。


原田はハンドルを握っていて突然腹からおかしく思えた。街明かりはあるが、人通りもほとんどなく寝静まっている街。この時間帯は、ほとんどの人が横になって寝ているのだ。ちらっと、道路に面した左右のアパートに目をやっても皆横になって眠っているはずだ。親も子供も、そして犬までも横になって眠っているのである。原田にはそのことがとても滑稽に感じられた。みんなが申し合わせたように横になっている。

午前4時前に宜野山漁港に着いた。沖縄の朝は遅いが港は早い。港からは数隻のエンジン音がしてくる。原田は、車を止め、鮮度保持液「海」とバッグ、ライフジャケットを抱え岸壁に急いだ。船では屋根から裸電球の光で照らされた我部が黙々と準備をしていた。電灯が大きく左右に揺れ、大きな黒い影が船の部屋壁から漁槽へ、また壁へと忙しく動き回っている。

「お早うございます。よろしくお願いします」

「乗って、乗って。出発だ」

軽快なエンジン音が波をかき立てて船は進む。我部は操縦室に原田を呼んだ。狭いが、箱の椅子が心地よい。飛沫が窓ガラスに飛んできて相当にスピードを出していることがわかる。今までは港の中から船を見てきたが、こうやって漁港を外から眺めるのは初めてである。研究所の南星丸の出港とは随分と趣が違う。〈南星丸の場合は、数週間の家族との別れだが、今日の出港は夕方の帰港だからだ〉紀子も単に眠いだけの普通の表情だったと、原田はふと思った。

「原田さんは、船は大丈夫だろう?」

エンジン音でかき消されないように大声で話しかけてきた。

「なかなか慣れないんですよ。一応は船酔いの飲み薬を持ってきました」

後ろを見るとあと数隻の漁船がパヤオを目指して走っていることが暗闇であるが確認できた。

「仲栄真の叔父も昔深層水にのめり込んで、私も手伝いをさせられたよ」

「ソデイカ1号のところにも行ったのですか?」

「何度も行ったなぁ。あのパヤオにはとにかく魚が多かった。普通のパヤオは、魚を獲りきると1週間か2週間は魚が付かなくて漁ができないが、ソデイカ1号は違っていた。海の色もあそこだけは濃かった。ソデイカ1号は試験装置であるので調査のために他の漁協の船が行っても問題はないはずなんだが、喧嘩にならないために研究組合の旗をなびかせてサンプリングをしたものだ」

「……我部さんが船をだしてサンプリングをしたのですか?」

「そう。研究組合の事務局の山田君たちとよく行ったものだ。あの頃は叔父も元気でがんがんやったもんだよ」

「……我部さんは、なぜソデイカ1号には魚が多かったと考えていますか？」

「そりゃぁ、深層水のためだろう」

「佐々木さんのこと詳しいですか？」

「仲栄真の叔父が一番詳しいはずだよ。いろいろ話をしていたから……」

船首の向こうの水平線が薄明るくなり始めた。

「あと2時間ほどですね」

太陽が昇り、原田と我部は朝食をとった。紀子が準備してくれたおにぎりを食べながら、子供たちの登校のことが頭をよぎった。

波間にパヤオの標識灯が見え隠れし始めた。先行の漁船が漁を始めているのが分かる。外洋だけあって波高が２ｍはある。浮き魚礁の名前は宜野山３号だ。

「原田さん、位置を確認するよ」

「お願いします。メモします」

浮き魚礁は、少し弛んだ一本の係留索（ロープ）で海底のアンカーと繋がっているために、潮流の向き、流れの速さなどで平均的には海面に円を描いた運動をしながら浮いている。

見る間に浮き魚礁が近づいてきた。

「ここでＯＫ？」

「はい」

「ＧＰＳは……北緯26度40分××、東経１２８度45分××」

船は、パヤオと50 ｍほどの距離をおいて円を描いて回っている。

「原田さん、そろそろ船を止めるよ」

「それじゃ、撒きますよ」

原田は、鮮度保持液「海」２ℓの入った半透明のサンプル瓶を取り出し、キャップを外して宜野山３号の近くに注いだ。容器では紅茶のように茶色だったが、２０００ｍの水深の海は茶色の液体を全て取り込んで何もなかったかのような引き込まれそうに透明な深い黒色である。

〈仲栄真さんは２ km四方に渡って変化が生じると話していたが本当だろうか〉

原田は心の中で注いだ後の波間を見つめていた。

「宜野山に着いてお昼だな。……叔父が漁港で待っているとの無線が入った。戻るよ、原田さん」

原田は腕時計を確認した。

「ありがとうございます……」

宜野山３号からは沖縄本島の島影は見えない。

「我部さんは何回ソデイカ１号の調査に参加しましたか？」

「……５回ほどだったかなぁ。ソデイカ１号の設置は楽しかったよ」

「えっ！　ソデイカ1号の設置にも立ち会ったのですか」

「1000トンの台船に積まれたソデイカ1号は圧巻だった。ブイよりも取水管がすごかったな。巨大なサナダムシって感じ。無事設置が終わって、帰りの台船では深層水の夢について語り合ったものだ。叔父も、研究組合の理事の人も泡盛やビールを持ち込んでわいわいやったもんだ。100％民間の力でやったというのは日本初だろうし、世界でも多分初めてだと言っていたな。あの頃はみんな夢を飽きずに語り合ったものだ……」

原田には、巨大なNIRAIとかわいくもあるソデイカ1号の対比が不思議に思えた。海は力仕事の部分もあるが、生命現象に関わることに繊細さが必要なのではと思うようになっていた。

歴史が教えるところでは、文明は森林を食べて成長し、食べ尽くして滅んでいった。文明から水が引き始める時を同じくして滅んでいる。

原田たちが取り組んでいる海洋の肥沃化プロジェクトも、地球温暖化の原因には、太陽の周期的な活動期への突入説や、人的活動の結果として大気の二酸化炭素が増え、そのガスの温室効果により温暖化の弊害が異常気象を引き起こし、食糧の危機をうむことと なった結果の出来事など、諸説、諸理論があるが、プロジェクトは緒に就いたばかりであり、まだ成功を約束する道筋は引かれていない。過去の取り組みを参考にしても、どこまで活かせるシステムなのか保証などないのである。

欧米諸国が深層水を活用した海洋の肥沃化に取り組もうとしないのは、実験室で可能性の芽が確認出来ても、海という広大な現場に展開したときの深層水をくみ上げる動力源の確保に未だ解決策を見いだしてないこと、もう一つは、年々巨大化している熱帯性低気圧の猛威に海洋構造物の強度を持たせられないと判断しているためだ。全てハードウェアの強度障害は克服不可能と考えられていたためである。

海はあまりにも大きい。つくづく原田は大海原を見ながら思った。こんなに大きな海に変化を起こした人間の経済活動ではあると頭では理解しても、目の前に広がる広大な海と微々たる個人の存在という対比を思うと、どうしようもない不安と無力感がひしひしと押し寄せてきていた。

人間って何だろうと思う。科学者は警告を発しても権力、財力、エゴの前には無力であるように思える。決定的状況になっていることに気づき、軌道修正をしても手遅れになってしまったことが過去に往々にしてあった。

ソデイカ1号の成果を蘇らせられるのか？

沖縄本島の山陰が海面の水平線上に薄く現れ、少しずつ濃くなっていく。すでに正午を回っていた。港の岸壁で待っている仲栄真老人の姿が見て取れる。

「『海』はうまく撒けたか？」

「はい、2ℓを宜野山3号のところに撒いてきました」

原田は、船から細い梯子を渡りながら老人に答えた。動かない足元はやはり違うと思った。

「我部さん、ありがとうございました。次の調査もよろしくお願いします」

3人は、〈未来宜野山〉と看板が立てられた漁協直営店の食堂まで歩いた。車が数台止まっており、村外から評判を聞いて食べに来ている家族連れの姿もあった。食堂の隣は村で生産された野菜や果物が並べられている。野菜の葉は暑さのせいか少々しなっていた。

『『海』が成功することを祈って乾杯！」

冷たい麦茶で乾杯だ。

「……我部さんからも聞いたのですが、仲栄真さんはソデイカ1号の設置にも立ち会ったそうですね？」

「あれは、楽しかった。台船からソデイカ1号の取水管と錘が海面上に出され、小型曳航船に曳かれて延びていくんだが、海は凪だし、それはそれは幻想的な光景だった。台船の甲板に8の字型に巻かれた全長1600mの取水管を肩に担いで海側に持って行くんだが、取水管は重く肩に食い込むが、みんなは無言でやっていた……」

「何か注文しようよ」

我部が催促した。

「宜野山定食！」

老人の一言で、店員が注文を聞きにやってきた。宜野山定食はグルクン（和名はタカサゴである）の唐揚げと豆腐の煮付け、そしてアオサ汁（沖縄の方言でアーサ）の組み合わせだ。

「油を撒いたような波のない海面に1400mと600mの束になった取水管が海面を這うように伸びていく姿は譬えようがない。取水管を引っ張っていく曳航船の姿が小さくなって見えなくなるんだ。潮流は緩やかだけど浮いている取水管も大きく弧を描く。その弓なりの延長に小さく見える曳航船がいるってわけだ」

「取水管を出し切ったところで無線で彼方の曳航船に連絡。今度は台船上のソデイカ1号のブイ蓋の取水管口から海水を注ぎ込む。すると台船の近くの海面にそれまで浮いていた取水管からだんだんと海中に沈んでいく……曳航船から連絡が入り、取水管先端から海水が噴き出したとのことを確認する……」

宜野山定食が運ばれてきた。アオサ汁の磯の香りが空いたお腹の食欲をかきたてた。

「その次は、ソデイカ1号のブイをクレーンで海上に着水させ、台船をゆっくりと潮上に航行させて係留ロープを取水管と同じように送り出していく作業となるわけだ……ソデイカ1号のブイも台船から離れていく。係留ロープを出し切ったところで、取水管先端の曳航船に連絡をとって先端に結びつけられた錘を切断して海中に投入する。これで取水管はソデイカ1号の海上ブイに完全にぶら下がった格好になる」

老人はこんがりと揚げられたグルクンを原田の皿にポンと移した。

「仲栄真さん、2匹も食べられませんよ」

「年をとると歯が弱くなってね」

「盛一さん、どうですか？」

「宜野山のグルクンは他で食べられない味だぞ」

結局、原田は2匹のグルクンを食べた。

「……圧巻は、ソデイカ1号の係留用の鉄製10トンアンカーを海中に投入する時だ。それまでは台船の船尾近くに太いワイヤーロープに繋がれて乗せられていたが、クレーンで持ち上げられ海中に沈められる。いよいよ最後の切り離しだ。危険な作業だ。酸素バーナーのオレンジ色の炎が細く絞られ、ワイヤーロープに近づけられる。火花が飛ぶ。バン、バンとワイヤーロープの線が切れていく。突然、ブオンッと鈍い音がしてアンカーが海中へ……。海面に泡が浮いてきて本当に設置作業の終了となった。時に平成9年2月20日、午後6時満月の日だった。……こうして世界初の洋上設置型深層水取水試験装置ソデイカ1号は誕生した」

原田も現場にいるような錯覚になった。

「東の水平線からはまん丸な満月が昇り、西の水平線には今日一日のソデイカ1号の作業を見守った真っ赤な太陽が沈もうとしていた……なんとロマンチックなんだろう……アッハッハッハッハ」

我部が締めくくった。

食堂にいた他のお客が原田たちのほうを振り向いた。


「ただいま、帰ったよ」

「お帰りなさい。お父さんよ！　早かったのね」

「お土産は？」

若菜である。和之がそばに立っている。

「お土産……宜野山漁港に忘れてきてしまった。ごめんごめん」

「お父さんって、いつも忘れん坊なんだから！……」

「さっき、ナンバー・ワンを散歩に連れて行って来たところなの」

夕食は、宜野山3号への冒険航海物語を原田が自作自演するはめになった。

「3号さん、夜一人ぼっちでかわいそうね」

和之の素朴な感想だった。

16　深度1400mの海水

NIRAIは変わることなく今日も深層水を汲み上げては表層水と温度交換をして海面に排出していた。

一方NIRAIの実験室では、古波蔵と加藤がムラサキウニの発生実験を繰り返していた。

「ソデイカ1号は、報告書に書かれているように600mと1400mの海水の組み合わせでたくさんの成果を出している。……だれも考えつかなかった方法だよ」

「混ぜ合わせるという発想は、そう簡単には浮かんでこないアイデアですね。混ぜるためには相手が必要ですし。しかし、ソデイカ1号は偶然が多いですよね。600mと1400mにした理由というのは、実験だからどの深さの海水がいいのか分からないから取り合えず600mと1400mだったとあるし、その1400mにしても本当は1500mにしたかったのだけれど、県の水産試験場の最深データが1400m止まりだからそうしたとなっています。……ソデイカ1号の周辺海域に魚がたくさん集まるようになったのを見つけたのは、研究組合の事務局ではなく、ソデイカ1号の設置海域を漁業区としている漁師ですよね。またプランクトンが多いことを調べ始めたのは、国の研究所の平塚先生からの依頼の過程でプランクトンネットを新規に購入して、レジンペレットを捕獲する作業の中での出来事ですし。……汲み上げホースが不具合になったために、プランクトンがいなくなったのも、この時期に台風という言わば偶然的な自然現象による結果です。そして、偶然の重なりから2層混合のアイデアを深めていくわけですよね。……深層水を飲んだ人が不調を訴えたのも沖縄だけです。魚の鮮度保持も、ＭＨＫの番組の録画撮りを切っ掛けとした出来事です……」

「……偶然と言おうか幸運は、もっと前から顔を覗かせているよ。ソデイカ1号の前にいろいろと深層水を汲み上げているが、それは水産試験場が新船への更新予定があり、古い調査船だったから器具の取り付けや溶接が出来たんだ。そもそも試験場の場長の元上司が研究組合の理事で、公的財産である調査船を研究組合であっても一民間のために利用させるなんてことはまずない。不思議なことだ。調査船クラスの船と人員を一時的にしても、用意しようとすれば相当の費用がかかるし、そもそも融通が効くこと自体……偶然すぎるよね……研究組合の運営だっておかしいぞ。沖縄の小さな中小企業が、深層水の調査にお金を出してもメリットなんて考えられない。当時のことは良くは分からないが、深層水の調査研究を民間が行うなんていうのは、世界中捜しても沖縄の研究組合だけじゃなかったのか……」

「相当に『偶然』が多すぎて、誰かが筋書きを描いているようにしか思えないですね。研究組合の当事者は大変だったと思いますが……」

「研究組合に対する国と県の研究助成の実現も組合設立の翌年すぐに実行されている……怖いほどにぴったり合っている。物語以上に偶然の構築物が深層水研究組合だね」

「ソデイカ1号の設置日も満月の日ですよ。報告書に書かれていたが、東の水平線に満月が顔を出し、そしてソデイカ1号、西の水平線には真っ赤な夕日、それらが一直線に並んだというんですから、ただごとではないですよ」

「出来すぎているよなぁ、ソデイカ1号は……」

ため息ともとれる古波蔵の声だ。

「NIRAIにソデイカ1号の幸運がほしいですね……こんなにたくさんの〈偶然〉があっちでポコッ、こっちでポコッ、ポコッ、ポコッ、ポコッ起きているわけですね。偶然とは、統計的に見て確率がとても低いから言われることなんですけれど、この〈偶然〉と〈偶然〉の間に何らかの関係がなければ正真正銘の〈偶然〉なんだと思います。偏りのない偶然ですよね……」

「加藤は、要するに研究組合の〈偶然〉は束縛のない、自由度の高い〈偶然〉だったと言いたいわけなのか?」

「そうです。幸運が偶然の偶然で繋がったような不思議な関係ですね……こうした繋がりのない偶然が〈必然〉になった時、偶然が偶然であるべき〈偶然の保存則〉が破れると解釈できますので、偶然の保存則を補足するような何かが生まれなきゃならないわけです。そうでないとエネルギー保存の法則は成り立ちません……」

「哲学的物理法則の統計学だな……しかし、まじめに考えると偶然の繋がりの果てには何があるのだろう?」

「偶然が破れて顔をのぞかせるのは必然と、もう一つの……分かりました〈閃き〉じゃないでしょうか」

「……しかし、その〈閃き〉自体が偶然じゃないのか？」

「…………」


NIRAIの深度600mの海水と、別途に汲み上げた1400mの深層水について、古波蔵たちは次のような混合を行った。600mの海水と1400mの深層水の混合比率を1：9、2：8、3：7……8：2、9：1とし、さらにそれぞれの混合順序を逆にした計18の組み合わせの海水を作った。受精異常は確認せずに発生異常に的を絞ることにした。


翌々日の実験室。

「何か変化があった？」

顕微鏡を覗いている加藤に古波蔵が身を乗り出してきて話す。

「2：8と3：7の組み合わせのところがいいみたいです」

顕微鏡越しに半ばうつろな加藤の声である。左右の手の指が微妙に調節つまみを廻している。

「はい、終わりました」

加藤は、ノートに書き込まれた異常値を広げて示した。

「600mに1400mの深層水を入れた組み合わせがいいようです。2：8と3：7のところです」

「不思議だね。どうしてこんなことになるのだろうか。誰かが発表しているのを読んだことがある？」

「……ないですね。全部の文献に目を通しているわけではありませんが、聞いたことがありません」

「しかし、この組み合わせでも表層水ほどではないなぁ」

「もう少し、異常値が下がると思ったのですけれどね。本当の組み合わせは2：8とか3：7ではなく、2.56と7.44とか、更に小数点5桁の組み合わせかも知れませんね……」

「……宇宙的な組み合わせだな。研究組合はよくもベストミックスを見つけ出したものだ」

「……試みて見ましょうか!?」

「もう一桁いってみるか！」

「2：8の組み合わせか、それとも3：7の組み合わせに賭けるかですね。ピークは一つと考えられますから、2でも2.5より大きい数で、8は8.5より小さい数ということになるのでしょうか」

加藤はそういうなりホワイトボードに数式を書いた。

$2.5 < x < 8.5$　$x < 3.5$　$x < 7.5$

「実験は当てずっぽうにやるのではなく、検討をつけて進めるのが多い。一種の勘というものだ。ローラープレイのように虱潰しに潰していって正解を見つける方法しか勘の鈍い我々には出来ないかな」

「そうですね。鮮度保持液の混合割合は、2：8と3：7の間ということで部長に報告しますか？」

「表層水よりも悪い数値だけれどね。しかし、これでは魚の鮮度保持なんかには使えないぞ。最低でも表層水よりも上を行く数値が必要だ。そうでなければNIRAIの海洋肥沃化も無理というものだ」

「ソデイカ1号当時の混合割合と現在では違っていることも考慮すべきですね。原田さんは、何かいいアイデアでも浮かんだのでしょうか」

「力戦術ならば正確な混合比を見つけ出せるだろうけれど……」

「あと2桁までトライしてみます。船が来るのは来週ですしね」

船とはもちろん調査船南星丸のことである。

「……平均をとって2.5と7.5の組と、2.55と7.45の組を確認してみます」

加藤の試みであったが、2日後の結果は2：8と3：7の組み合わせとほぼ同じ数値で成果は見られなかった。

〈表層水を上回ることが出来ないなぁ。何か落ち度でもあるのだろうか？……原田さんはその後新しい情報でも入手したのだろうか……〉加藤は自問していた。

加藤は、勝連の研究所へ電話を入れてみた。

「NIRAIの加藤ですが、原田さんお願いします」

「加藤さん、ご苦労さん。原田さんは外出中です。宜野山に行っていまして直帰となっています」

久しぶりに耳にする比嘉照子の声だった。

加藤は原田の携帯電話を呼び出すことをためらい、受話器を置いた。

「古波蔵さん、桁数を増やしても改善なしで一緒でした。別なところに混合ポイントがありそうです……」

「ご苦労さん。……原田さんより報告書のコピーの写しを借りて、詳しく読んでいるところだけど、ソデイカ1号は超難解だ。発想の原点を問い直さないと難しい。結果が出ませんなんて部長に報告出来ないし……ソデイカ2号を作って再現するしかないのかな……加藤君よ、偶然と必然と閃きの関係は面白かったよ」

「いつか私たち第一研究部に凄い閃きがきっと生まれますよ！」

古波蔵と加藤が部長室のテーブルで部長と原田を前にNIRAIでの実験結果について説明していた。

「600mと1400mの深層水を混ぜましてムラサキウニの発生試験を行いました。結果的に600mに1400mの深層水を混ぜた溶液で、2：8と3：7の組み合わせに異常が少ないことが分かりましたが、表層水の上を行く混合割合を見つけ出すことはまだ出来ていません。混合割合を小数点2桁に絞り試みましたが、結果は資料の通りで、2：8と3：7の組み合わせを上回るものではありませんでした」

「……ご苦労さん。古波蔵君のいうようにソデイカ1号は難解だね」

「2人ともご苦労さんでした。私から宜野山漁協での進捗、進捗なんて大げさではないのですが一応報告します。漁協の冷凍庫で見つかりました鮮度保持液の茶色のほうの溶液を解凍し、活性効果がまだ残っているかどうかを、種子を使った発芽試験で確認したところ、かなり高い効果を見出すことが出来たので、漁協のパヤオ『宜野山3号』の近くに先週撒いたところです。2ℓです」

17　海洋局

原田と金澤が連日宜野山の仲栄真老人宅に通っていた頃、所長の石原は上京し、古橋と2人で農林水産省の海洋局を訪れ、HALUSAER 計画の来年度予算について打合せをしていた。

「7月も下旬だというのに東京はまだ梅雨が明けないですね」

石原が挨拶がわりに言った。

「石原先生、わざわざ沖縄から上京して戴きありがとうございます。古橋先生もご足労戴き感謝します」

海洋局次長の永島眞理が2人を会議室に案内しながら話した。永島は、50歳を越した割と長身で紺色のスカートを着けている。農水省では一本気で通り、上司の信頼は厚かった。

「沖縄での会議の時は大変お世話になりました。空港で泡盛を購入し、夫にプレゼントしましたら、大変喜ばれました。今日は課長と係長も同席しますのでよろしく」

「次長はすっかり沖縄通ですね」

古橋が響く声で言った。

会議室と言っても10人ほどしか椅子のない小会議室である。ドアを開けると課長と分厚いファイルを持った係長が待っていた。次長が進行役になって打ち合わせは進められた。石原が数ページよりなる資料を各自に配った。

「NIRAI のその後は如何ですか？」

「設置から5ヶ月近く経過しますが、肥沃化の前兆は掴めきれない状況にあります」

「何か不具合でもあるのですか？」

水産課課長が質問した。その脇では係長がノートを取っている。

「……NIRAI は順調に深層水を汲み上げています。汲み上げた深層水は比重差による沈降もなく、また潮流による拡散状況を調査しましても計算値の範囲にあります」

古橋は資料の図を示しながら説明した。

「リモートセンシングの隅田先生とも連絡を取っていますが、NIRAI 周辺にはプランクトンは少なく、現場からは魚もあまり確認できない状況が続いています……」

「石原先生、NIRAI は栄養塩の濃度も十分で、沈降も押さえられ、潮流による拡散も規定値内であるにもかかわらず肥沃化が始まっていないというのは何か他に原因があるとお考えですか？」

永島が腕組みをしながら質問した。

「……単刀直入に申し上げますが、深層水そのものに原因があると考えています」

「深層水に？」

古橋が言った。

「我が国のこれまでの深層水の研究は、１９７０年あたりより開始されましたが、使用した深層水はどれも取水深度がおおよそ３００ｍと浅い海水でした。ご承知の通り、NIRAIが設置されています沖縄は熱帯性の海で、米国のハワイと同様に５００ｍから６００ｍの深さの海水を汲み上げる必要があります。ハワイでは過去に温度差発電に使われ、一部は表層水と混ぜられて藻類の培養に使われましたが、深層水を用いて海洋の肥沃化を本格的に試みようとしましたのは我が国が初めてです。深層水研究の歴史はハワイのほうが古いのですが、米国の法律では陸上で使用した海水をそのまま海に放流することは禁じられていますので、折角汲み上げた膨大な海水を肥沃化の実験には使用出来なかったのです」

「それでは温度差発電に利用した深層水はどこに放流したのですか？」

課長が質問した。

「ハワイの深層水研究所はハワイ島にありました。この島は火山島なのでハワイ州との取り決めにより地下浸透を行ないました……」

「なるほど、それで米国は深層水研究所がありながら海洋肥沃化の研究を進めてきていないわけですか」

永島は頷きながら理解したようであった。

「米国が深層水を海洋肥沃化の研究材料に利用しなかったのは、それ以外に物理的な理由があるようです。海洋肥沃化は外洋で行ってこそ意味がありますが、ますます強くなるハリケーン等の海象条件に対して海洋構造物の保護保全手段を見つけることが出来ないということもあったようです」

今度は石原が軽く手を挙げて発言した。

「NIRAIはハワイの深層水研究所と同じ位の深さから深層水を汲み上げています。NIRAIで海洋肥沃化を実現するのに残された課題は汲み上げる動力源だけだ、とほとんどの人々が判断し予算化もされたわけです。深層水と表層水の温度差から生じる比重の違いによる沈降、潮流による拡散と栄養塩の濃度低下、この2つの課題を技術的に解決したのがNIRAIなのです。沈降は、汲み上げた深層水に表層水の温度と熱交換することで解決され、拡散による濃度低下は汲み上げる量を増やすことで解決したはずでした……まさに『はずだった』のですが、海洋肥沃化は深層水の量的な要因ばかりでなく他にもありそうなのです……」

「海洋学の専門家であるお二人が話されるのですから……」

と、課長が続けようとしたのを押さえるように永島が割って話し始めた。

「わかりました。……古橋先生、石原先生、HALUSAERプロジェクトの成功を頼みましたよ。10月の中間報告、成果を待っています」

打ち合わせは30分もかからなかった。課長と係長は小会議室を後にした。

「古橋先生、石原先生、夕方、久しぶりにお食事でもどうですか?」

「私ども、時間は大丈夫ですが、次長はよろしいのですか」

「日本の明日の食糧確保の有無がかかっているのですから、ここが大事だと思ったらやり遂げなくてはなりません。課長、係長はその課、係としてしか見渡すことが出来ませんが、局はそれではだめですので……」

「……ありがとうございます。6時に新橋の沖縄料理の〈ゆまんぎ〉ではどうですか？」

「〈ゆまんぎ〉は美味しかったですね……石原先生は、沖縄で毎日美味しい料理を食べられて羨ましいですわ。夕方を楽しみにしています」

二人は農林水産省を出た。外は小雨が降っていた。

「石原君、地下鉄で行きましょうか」

「古橋君、時間もあることだから新橋まで歩こう。歩きながら話も出来る」

それぞれに鞄から折りたたみ傘を出すとパッと開いた。

古橋は携帯電話を鞄から取り出し電話をかけた。

「……森下さん、古橋です。石原先生と一緒です。そのまま帰りますからよろしくね。何か連絡が入っていますか？……じゃ、明日ね」

「ところで、NIRAIのほうはどうなんだね。先月、原田君が訪ねてきて私の恩師が昔沖縄の深層水プロジェクトに関わっていたこと等を話したが参考になったようかね」

「原田君は頑張っている。大変なヒントを戴いたと興奮気味に話していた。国会図書館で貴重な資料を探し出してね、それを参考に金澤君や原田君がNIRAIを進化させるんだと張り切っているよ」

「それは良かった。HALUSAER計画は壮大なものだが、何と言ってもその鍵はNIRAIに全てかかっているからね……」

「温暖化は待ったなしだし、海洋肥沃化と言って大旗を二人で振っているが、深層水の沈降と濃度の低下を防ぐだけではプランクトンは深層水の栄養塩を取り込まず、NIRAI周辺では魚も激減している……深層水の水が表層とは違うことが明確になった。……研究所ではその解決に向けて取り組んでいるところだ」

「魚の生息深度はほとんど決まっている。そのことと大いに関係あるね」

「40年間も気づかれず未解決だったことが不思議だよ……」

「海洋の肥沃化はサイエンス・フィクションとして語られてきたが、本格的に取り組むのは日本が最初だからね」


〈ゆまんぎ〉は、霞ケ関からJR新橋駅寄りの道を一本入ったところにあった。

石原がのれん越しに引き戸を引いた。

「いらっしゃい！」

数名の店員が元気な声を掛けてきた。客はまだ少なく、数人がカウンターでビールを飲んでいる。沖縄民謡のリズミカルなメロディーが店内を包み込んでいる。

「電話した石原です……」

「先生、お久し振りです。まぁ、古橋先生、いらっしゃいませ」

女将の高倉ひろ子である。

店員が来て、二人の鞄を手にとると奥の座敷に案内した。

「沖縄も暑いでしょうけれど、東京はそれ以上に暑くなっています。長梅雨で困っています」

高倉は、那覇市の生まれである。実家は牧志公設市場で戦後からゴボウの小売りを長年続けてきた。現在、市場組合の理事も務めている。

「先生、いらっしゃい！」

割烹姿の店の経営者で、メガネを掛けた調理師の高倉尚也が挨拶に来た。

「こちら古橋先生。私と同期だ」

古橋は幾度か石原と一緒に〈ゆまんぎ〉に来ているが主人とは初めてである。

「いらっしゃい！」

入り口のほうからかけ声がした。店員に案内されて永島が部屋に入ってきた。テーブルに３人が座り、冷えたお絞りとガラス容器に入ったもずくの酢の物が運ばれてきた。

「先生、ビールから行きますか？……今日、沖縄の三つ星ビールが入りましたけれどそれにしますか？」

「三つ星ビールか。懐かしいな」

と古橋。

「先生、私、うっちん茶にしますわ」

ジャスミンを沖縄では〈うっちん〉と呼んでいる。

ほどなくして2杯のビールと紅茶色のうっちんが共にビールジョッキで運ばれてきた。

「NIRAIのために乾杯!」

石原と古橋は一気にジョッキの半分を飲み干した。

「……先生方はビールの飲み方を知らないようですね」

「と、申しますと」

古橋がもずくを食べながら言った。

「うまいビールは、ジョッキの内側に泡の跡が断層のようにできます。ゆまんぎさんのビールは、温度管理とジョッキの洗浄がしっかりしている証拠です」

「次長には参りましたなぁ。ハッハッハ」

「ゴーヤーチャンプル、ソーメンチャンプル、それにトーフチャンプルを二皿ずつもらおうか。島らっきょうも置いてある?」

「ありますよ。ごゆるりとお過ごし下さい」

女将はそう言って戸を閉めた。

「石原先生、先ほどの深層水のことですが、解決の目処は立ちそうですか。打ち合わせの後で、局長と来年の予算案のことで少し話し合ったのです」

「大丈夫と思います。古橋先生が私どもの研究員に強力なヒントをくれましたので、8割程度解決したと考えています」

「実は、私の恩師だった教授が、昔、沖縄の民間の深層水プロジェクトの委員だったのです……私も資料作りを頼まれたようにも記憶していますけれど、恩師はいろいろなことを私に話してくれたことがありました」

「どなたですか？」

「もう亡くなられましたが久田一之助先生です」

「あぁぁ、久田先生でしたか……先生は久田研究室にいたのですか？」

少し間をおいて永島が続けた。

「……久田先生は永島の父とも親交があったと聞いています。……リスクの多い深層水の研究事業をどうして沖縄の民間企業が立ち上げようとしたのでしょうか？」

「……詳細はわかりませんが、恩師に飲みに誘われると最後はその話でした。若者はがむしゃらでも果敢にチャレンジしなければだめだと、失敗をしたら失敗の中に成功の種が落ちていると教えられたものです。人のやらないことをやれとね……」

「今、最も不足している事柄ですね……」

「……ところで、中国の動きが慌ただしいですね。先月も沖縄近海に調査船が来て居座っていました」

「防衛省のほうで詳しく調べているようですが、農水省のほうには主に外国に駐在する商社、会社のルートで生の情報が入ってきています」

「東シナ海は波高しですね」

「……ところで石原先生、深層水に新しい要因がありそうだと話されていましたが、他で研究はされていないのですか？」

「ないですね……自然物に不具合の毒性が見つかることは多々あることですが……。キノコ等は代表的な例ですが、その原因はキノコが作り出した物質です。深層水は分析しても栄養塩などを除くと表層水と何ら変わらない海水なわけです。私のところで見つけようとしている原因が特定できれば、HALUSAER計画の海洋肥沃化は大きく前進すると思います。もしかしたら、私どもが予想もつかない現象が見つかる可能性もあると思います……」

「先に私の恩師は、沖縄での民間の深層水プロジェクトに関わり、相当関心を持っていたと話しましたが、地方の中小企業の異業種の集まりということで、東京でも一時話題に上ったこともあったそうですが、その成果に対してはほとんどの専門家が疑問視していたようです。汲み上げた深層水を使って魚の鮮度保持を行う溶液を開発したと恩師は言っていましたが、臓器保存の基本的な技術が開発されたのは数年前です。実用化はご存知の通りこれからです。本当は誇張された話だったのかも知れませんが、恩師は信じていたようです。よく学会などで突かれたものでした。『我々専門家に出来ないことが素人集団に何が出来るものか、非科学的だ』とね……」

「先生はどうなんですか？」

「……私は、石原先生の処の研究者に賭けています」

「残念ながらその活動は沖縄でも耳にしたことはないのですが、……私どもの研究員たちはますます燃えて取り組んでいます」

「素晴らしい部下を持てて両先生とも幸せですね。羨ましいです。現在の科学の枠に収まらない何かということですね。予算は現実的ですが、こんな夢のある計画に参画できたことにもう一度乾杯したくなりました」

「私のところの研究員が、古橋先生から聞いた資料を国会図書館で幸運にも見つけることが出来ましてね、その資料より当時の関係者がお一人存命であることがわかり、お会いして詳細を聞いているところです。何としてでもNIRAIによる海洋肥沃化を実現したいと再構築を目指しているところです」

「……よろしくお願いします。NIRAIの来年の予算の件ですが、運用費とは別に特別枠の指示が内々でありました。急を要することですので、枠内であれば海洋局の裁量でできます」

石原と古橋は永島の話をじっと聞いていた。話をしている間に注文した料理が次々と運ばれテーブルに並べられた。

「これ、シマラッキョウでしょう。私大好きなんです。ご馳走がさめます。さぁ、食べましょう」

３人はアオサと豆腐が入ったお汁を啜りながら、沖縄料理に箸を運んだ。

18 予兆

原田に我部から電話をもらったのは、浮き魚礁宜野山3号の海域に鮮度保持液「海」を撒いておおよそ1ヶ月が経とうとしていた8月下旬の午後だった。

「原田さん、漁協の我部さんより電話です」

鈴木が継いでくれた。

「原田です。ご無沙汰しています。海の状況に何か変化がありそうですか！……夕方大丈夫ですか!?」

原田は部長室に急ぎ足で向かった。ドアをノックする間もなく、原田は部屋に入っていた。

「先輩、海に変化が起きているそうです！」

「本当か！」

金澤はファイル棚を開いて調べ物をしている最中だった。

「夕方、行きまして詳しく話を聞いてきます」

原田は車を止めると船着き場の岸壁のほうに早足で歩いていった。

夕方の漁港は、船からあがった漁師と迎えの家族で方々から声が聞こえてくる。仲栄真老人の姿もあった。原田は、軽く会釈をして走り寄った。

「お世話になっています。我部さんより電話を貰い飛んで来たところです」

「原田君、一歩前進できそうだね。もうすぐ盛一は帰ってくるよ」

我部と電話で約束した時間は既に過ぎているが、船の姿はまだない。

「おお、来た来た」

船が港にゆっくりと入ってきた。とし美も一緒だ。

原田は一秒でも速く電話の続きを聞きたかった。

「魚が釣れ始めているみたいですよ」

船で道具を片付けながら原田に話しかけてきた。

「知り合いの漁師が話していたけれど、お盆明け当たりから今までと違って魚がよく付いていると言っていましたよ」

と、とし美が笑顔で話す。

「手伝いましょうか?」

「無理はしないほうがいい。慣れないと無理だよ。腰を痛めるぞ」

2人はテキパキと船から荷を揚げ、老人が持ってきたリヤカーに積んだ。リヤカーは錆びてぼろぼろだが辛うじてゴムのタイヤが付き、動くといった代物である。

「夕食を食べて行っては……刺身だ」

「……甘えていいですか」

「海の作戦を練ろうじゃないか」

老人が嬉しそうに話す。

原田は、紀子に電話を入れた。

我部の家は、仲栄真老人の集落と異なる漁協のある漢納（カンナ）という集落で、漁協の裏手に広がる区域である。庭のブロックには老人の家と同じように網が下げられている。庭の福木の枝にも網が干されている。

「いらっしゃい。妻の信子です」

「原田です。旦那さんには大変お世話になっています。よろしくお願いします」

信子は石川県の生まれであるが、父の仕事の関係で山梨県で育った。東京の会社に就職し、出張で沖縄に何度が来ているうちに海の美しさに憧れて沖縄に住むようになった。我部とは、珊瑚礁保全の講演会で知り合い、結婚した。現在は農協に勤めている。

「原田さんは車だから冷たい麦茶で我慢してくれ。叔父さんはビールＯＫね……信子、ビールを持ってきて」

「宜野山3号のパヤオの成果を聞かせてくれ」

と老人が言った。

「お願いします……」

「僕も週一回はパヤオに行っているが、よく釣れる。仕掛けは漁師がそれぞれに工夫しているので一緒というわけではないが、ここ2週間ほどは自分にも当たりがあるし、漁師仲間に聞いても同様だ。20kmほど離れている隣の銀武漁協のパヤオには魚はあまりついていないみたいだ……」

「海の色などはどうですか？」

「パヤオの周辺だけ濃い感じがする」

「ソデイカ1号の時もそうだったよ」

「はいっ！　ビールとお刺身。原田さんは麦茶です」

「それでは宜野山3号に乾杯しよう」

「乾杯！」

「今晩のビールは格別だな」

と老人が言った。

「早速、測定器を投入して計ってみたいですね」

「明日でもいいよ。朝6時出発ではどうか。原田さん」

「お願いします。測定器はこの日のために準備万端です。実際に表面の海水もサンプリングし、植物プランクトンも計ってみます」

「ソデイカ1号の時を思い出すよ」

「我部さん、船の借り上げ料を請求してもらえませんか。部長からもそう言われています。是非お願いします」

「それじゃ、燃料代だけ。明日からの分からお願いしよう」

「そうじゃなくて、我部さんの手当とかみんな含めてです」

「自分たちも楽しんでいるのだから、油代だけでいいよ」

「ところでは原田さん、グリーンランドでの海水の沈み込みが非常に弱くなっているとニュースで報じていましたが心配ですね」

信子が料理を運んできて言った。

「以前より海水の沈み込みが弱くなっていると報告されていますが、グリーンランドや北極の氷の溶け出す速さが増して海水の塩分が薄くなり、比重が小さくなったことが原因とされていますが……人災が大半です。温暖化はもう後戻りできないところまで来ています。温暖化でありながらヨーロッパの寒冷化、アマゾンジャングルの消滅と砂漠化、アフリカの干ばつ……多くの事柄が数十年前に予測され、警告されながら今の状況です」

「那覇も、糸満の埋め立て地なども低い処は水没し始めているし、大変なことになりそうだ」

仲栄真老人が嘆いた。

「原田さんは、NIRAIの研究員と聞いていますが、研究は進んでいますか?」

「NIRAIはご承知のように、深い海水に含まれる肥料分を人工的に汲み上げて、海を肥沃化して魚を増やそうとするプロジェクトです。国は、海洋での食料増産の実証プラントとしてNIRAIのような巨大な装置を作りましたが、自然の摂理を見落としていたようです……魚は寄ってこないし、プランクトンは増えず……です。そんな中、NIRAIの委員会の委員長に昔沖縄に深層水を研究した団体があったことを知らされたのです。そして仲栄真さんにお会いすることができました。幸運の一言です」

「叔父さん、なぜあの〈水〉はプランクトンを増やすんだろうかね」

「深層水のある意味での触媒作用が効いていると思う。国が海で食糧を増産しようと決断したのも、異常気象からくる食糧の生産が狂ってきてどうにもならない状況に日本が陥りつつあるからだ。中国もそうだ。盛一たちは、20世紀の人々はどうして科学者がたくさんの警告を出したのに、経済活動に暴走してこんな地球にしてしまったのか不思議を通り超して情けなくすら考えているだろう。ソデイカ1号の頃は、地球の温暖化などは余り真剣に考えられたことはなかったよ。いつかはなるだろうけど、先の先のその先とみんなは思っていたはずだ。人だって風邪をひくと熱をだす。熱の本当の意味は、全身への緊急事態発生の伝達による体勢作りと、体内の病原菌を熱で押さえ込むという大きな役割がある。地球も同じことをやり始めたというわけだ……」

「………」

「深層水を人工的に汲み上げて漁場を作るなんて本来は不自然です。お金になる魚を根こそぎ獲って、気づいた時には資源が絶滅に向かっていたというのが姿です。効率を重視した経済活動のつけが自然界の持続可能性を分断してしまったのでしょう……遅すぎかも知れませんが……」

「子供、その孫に美しい地球を残さなくてはならないのに、叔父さん達の時代の人々はただ引き延ばしをやってきた……」

「そうだろうね。取り返しのつかないことをやっていたのだ……私はもう年だが、盛一たちは子、孫のために希望をもって取り組まねばいけない。試練は試練として受け止め、そこから新しいことを生み出して行かなければならない。ソデイカ1号がそのヒントになれば私の生きていた意味もあるというものだ……」

「叔父さん一人を責めてなんかいないのだけれど、無謀なことをやって来たのだなとつくづく感じるよ」

「私たちの研究は深層水を利用して海を元気にし、本来の漁場にすることなんですが、仲栄真さんにお会いするまでは本当に暗中模索でした。深層水は、まぁ、言葉はあまりよくないですが、肥料分に富む安全な海水と信じて疑わなかったのです。ところがウニの卵を孵化させる実験をしたところ正反対の結果がでたわけです……」

「原田さん、漁師は経験で浅い所に住む魚と深い所に住む魚は一緒に住まないってくらいは知っていますよ」

「明日の調査の件ですが、測定ポイントは宜野山3号を中心に十字形になるようにしたいと思います。簡単な図を書いて来ますのでよろしくお願いします」

「パヤオまでは片道4時間だから急がずに行きましょう」

原田は、研究所に連絡を入れてみたところ、鈴木が研究室に残っていた。

「原田です。鈴木君は明日、実験の予定は入っている？」

「特に急ぐものはないのですが……」

「明日、一日がかりで宜野山3号にクロロフィルの測定に行くことになった。鈴木君、手伝ってもらえるかな」

「喜んでお手伝いします。是非」

原田は、鈴木にサンプル瓶の準備と計測器の準備を指示した。

「仲栄真さん、ソデイカ1号の設置について以前にお聞きしましたが、汲み上げた深層水を利用して魚の鮮度保持、作物の栽培などに活用したことはわかったのですが、その他にも利用されたのですか？」

「まぁ、食品加工に利用されたくらいかな。パンとか麺とかケーキとかに利用した」

「食品はほとんど水を使いますので鮮度保持液も利用しやすかったのでしょうか」

「原田君は、鮮度保持液の味を試したことがあるか？」

「……まだないです。少し塩辛いのでしょうか？」

「一度味見をして感想を聞かせてくれ」

「深層水を相当に薄めたことはお聞きしていますので……」

「……盛一の知り合いが東京の築地で小さな健康食品を開いていた時のことだ。佐々木さんが東京に出張に行くというのでお店を紹介したところ、鮮度保持液を何本か持って行き、そのうちの一本がお店のお客さんになっていた卵焼き屋に渡ったんだ。寿司に使う卵焼きは、我々が食べるような薄い物ではなく、肉厚だ。焼き上げるのには火加減が大事なわけだ。火を強くすると黒く焦げるし、弱いと半煮えとなって色合いも良くないそうだ。鮮度保持液を卵焼きに入れて焼いたところ、均一に焼け、焦げもほとんどなくなったと喜ばれたと言っていたな。油の焦げの臭いも相当和らいだらしい」

「叔父さん、それは熱の通りが良くなったと解釈出来るのかな」

「そうそう、パンの焼き具合も上々だったことを思い出したよ」

「鮮度保持液に熱の通りを良くする効果があるのでしょうかね。まぁ、考えようによっては魚の鮮度保持も仲栄真さんのお話では魚体の中心部まで影響していたとのことですから、熱も同様なのでしょうか」

信子が話しに入ってきた。

「ご飯を炊くときに利用したら、熱の通りが良くなってふんわり炊きあがるかしら……圧力鍋で炊いたご飯は美味しいからね」

原田は遅くはなっていたが一応研究所に寄ってみた。時刻は10時になろうとしていた。研究所はまだ電灯が灯っている部屋があったが静まりかえり、守衛室から白い光が漏れている。

「第一研究部の原田です。ちょっと研究室に用事があって……」

原田は、念には念をいれて明日の測定の準備内容について確認のために寄ってみた。研究室では冷蔵庫の軽いモーター音と培養器の青ランプだけが作動していた。窓にはサッシが降りている。原田は、東側の一つのサッシを上げてみた。ガラスが室内の光景を反射して外は真っ暗である。ガラス窓に額が付くほど近寄ってみた。鼻息がガラスを曇らせたが遠くに漁船のような灯りが2、3見えた。窓をほんの少し開けただけで波の音が聞こえてきそうであった。

原田は明日の測定の段取りを考え始めていた。


あたりがほんのり明るさを増した朝5時に原田は研究所に到着した。2階の研究室に階段を昇っていくと、既に鈴木がサンプル瓶の入ったトレーや計測器をエレベーターで1階に下ろすところであった。

「張り切っているな」

「お早うございます。原田さん」

「計測器を下ろすロープ、サンプル瓶に貼り付ける用紙とマジック、記録帳は大丈夫か？　それに、海水をくみ取るバケツは？」

「……バケツのロープを忘れそうでした。昨夜、原田さんは研究所に戻られたんですね。ライフジャケットの準備を忘れていました。申しわけありません」

「ようし、それじゃ、出発しようか」

原田の運転する車は研究所を後にした。


「浮き魚礁に変化が起きていると聞きましたが、ワクワクしますね」

「鈴木君は、船酔いは大丈夫か？」

「まあ、何とか大丈夫です。……少し、古波蔵さんから聞いていますが深層水は謎の多い海水ですね。何十年も前に深層水の不思議に気づいて開発を続けた人々がいたというのも不思議なものですね」

「……僕も宜野山の仲栄真さんに出会うまでは半信半疑だったよ。鈴木君は鮮度保持液の詳細を知らないからコメントは難しいかも知れないけれど、どう考えている？」

「……そうですね。例えば、チンパンジーが無造作にピアノの鍵盤を叩いたらモーツアルトのトルコ行進曲が生まれる確率はゼロではないかも知れませんが、ほとんどゼロに近い値と思います。……鮮度保持液っていう液体も、偶然に出来た物ではなく人為的に目的を持って作られたように思いますが……」

「実は僕もそこのところが腑に落ちない処なんだ。先日も部長と一緒に宜野山の仲栄真さんにお伺いしいろいろまた話を聞いた。考えてみたら偶然としか言いようがないような事柄がたてつづけに何年にも渡って起きているんだ……」

「……原田さん、本当は初めから計画があったということではないのですか？」

「そうだとしたら深層水も鮮度保持液も理解しやすいのだが……」

「……原田さん、沖縄のユタって知っていますか？」

「少しだけ知っているけど、深層水と何か関係がある？」

「こんなことというと笑われてしまいますが、親戚のお婆ちゃんがそうなんです」

「？？？」

「この間、お袋と一緒にお婆ちゃんの所に行ったときのことなんですが、僕の顔を見るなり『龍が見える』と、突然言い始めたのです。何のことかなと初めは思ったのですが、龍神が動き始めたというのです。僕は研究所で研究補助員として働かせて貰っていますが、最近変わったことと言えば鮮度保持液の実験しかないので、そう思っただけなのですが……」

「龍神か。見守ってくれているのかも知れないぞ」

車は、沖縄北のインターチェンジから沖縄自動車道に入り、北上した。途中、スーパーマーケットで朝食を購入し、予定通り6時前に宜野山漁港に到着した。

「お早うございます。鈴木と申します。今日一日よろしくお願いします」

仲栄真老人の姿もあった。車から測定器などの荷物を船に移し、船に乗り込んだ。

「仲栄真さんも行かれるんですか？」

「そうだ。是非、見てみたい」

「それじゃ出港！」

我部の落ち着いた声がエンジン音を高めた。

「鈴木君はどこの出身？」

「ここ沖縄です。研究補助員をしています」

原田と仲栄真老人は船首部分に座っている。鈴木は我部と一緒に操縦室だ。

船首でも話が盛り上がりつつあった。

「一緒に来た鈴木君がまた面白いことを話しましてね。お婆さんがユタなんだそうですが、龍神が動き始めたと言ったそうですよ」

「龍神？」

「仲栄真さんにもユタの気配を感じますが……」

「ワッハッハッハ。ユタは女の人しかなれない。……龍神のことは、ソデイカ1号の時も耳にしたことがあるよ」

「本当ですか？　不思議ですね。何か見えるのでしょうか」

「佐々木さんはいろいろ言っていたなぁ。……正体は雲なんだろうけれど、夜空にそれはそれは大きな片目の『目』が浮かんでいたとか、鮮度保持液をペットボトルに少し入れて冷蔵庫で保管していたら凍ってしまったとか……」

「雲の目のほうは……よくわかりませんが、冷蔵庫では時たま冷風の温度調節がおかしくなって凍る時はあるのではないでしょうか」

「写真を見せて貰ったが、尋常な氷ではなかった」

「どんな氷だったのですか？」

「水は普通、水平面と言われるように静かに置けば平で、そのまま温度を下げていけば凍結し、ほぼ平らな氷になる。佐々木さんが持ってきた氷の写真は平な氷の写真ではなく、ペットボトルの端のほうに手で寄せたような形をしていたし、その中に丸い気泡がたくさん写っていたね……」

仲栄真老人の話は次のようである。佐々木は、５００mlのペットボトルの鮮度保持液を自宅でいろいろ試験に使用していた。残りが少なくなった鮮度保持液のペットボトルを横に倒して冷蔵庫に保管していた。ある日、会社の顧問の島袋義経さんに紹介されて会社の工場がある国神村内の人に会い、夜9時頃家に帰ってきた。何気なく冷蔵庫のそのペットボトルを見ると片方に誰かが寄せたような枕の形の氷となっていたのである。

仲栄真の話は続いた。

「……そのことを後日その国神村の人に話したら、あと2回凍ると言われたそうだ。まさしくその通りになり、４回目以降は冷蔵庫で氷を見ることはなかったと話していた……」

「大変失礼ですが、冷蔵庫が故障していたとも考えられませんか？」

「それはあり得ることだが、以前も以後も鮮度保持液が佐々木家で凍ることはなかったそうだ。不思議の体験というよりも、何事も３回までの言葉の意味することで、気づかなければお終いということだったようだ」

「……誰かに言われたのですか?……何に気がつけば良かったのでしょうか……」

原田は質問している自分を見失いかけた。

「原田君もいずれ分かる時が来ると思うが、自然界には才覚だけではないことを見せられたのだよ。世の中には不思議がたくさんある。謙虚な心と目で見れば通じるものがあるんだ……我家の冷蔵庫は古くなったけれどしっかり機能しているよ」

「……才覚は、学識や知識としての解釈ですか?」

「……それに近いかな」

「………」

原田は、急に鮮度保持液の存在が遠のくような気がしてならなかった。

「ソデイカ1号の周辺海域にプランクトンが多いのも、不思議と言えば不思議であるし、偶然と言えば偶然になる。深層水から鮮度保持液を開発出来たのも偶然かな? こうして原田君と深層水が縁で話ができるようになったことも偶然かな?」

原田は返答に困った。


「そろそろ宜野山3号が見えてくる頃だ」

操縦室の我部が鈴木に言った。

鈴木は腕時計をチラッと覗いて返答した。

「もう、そろそろ10時ですね」

我部は、ＧＰＳのモニターに映っている船の軌跡を追いながら鈴木に教えた。

「この点滅しているのが宜野山３号のポイントだ。距離にしてあと数マイルだ」

緑の軌跡はほぼ直線で点滅している宜野山３号に向かっていた。

「我部さん、今、どのくらいの深さですか？」

「水深か？　そうだな、２０００ｍほどだ」

船首にいる仲栄真老人が右手で原田に指し示している様子が我部にも鈴木にも見えた。

「宜野山３号がもう見えていると原田さんに教えているんだよ」

「すこし、頭のほうが見え隠れしていますね」

「原田さーん！」

我部が操縦室の窓より顔を出して原田を呼んだ。

エンジン音が弱くなって船が停止した。宜野山３号の周辺では漁船が10隻ほど操業しているのが見える。

「腹ごしらえをしてから作業に取りかかろう」

原田は、ファイルに挟んだ測定点が書き込まれている用紙を取り出し話した。そこには宜野山３号を中心に十文字の直線が書かれており、それぞれポイントに番号がうたれていた。

「今、宜野山3号より西約2マイルの地点ですが、最初のポイント1は西1マイルです。そして0.5マイル、0.2マイル、0.1マイル、そして宜野山3号がポイント5です。そのまま東へ進み、0.1マイル、0.2マイル、0.5マイル、1マイル。1マイル進んだら船を宜野山3号より北1マイルの地点まで時計と反回転方向に進め、同様に0.5マイル、0.2マイル、0.1マイル、宜野山3号より南へ0.1マイル、0.2マイル、0.5マイル、1マイルの各地点でサンプリングと測定を行います。深度は150mまでです」

「潮流が北東へ1ノットくらいだ。このくらいだとGPSを見ながら船を止めることが出来る」

「鈴木君、各ポイントの海水のサンプリングを頼むぞ！　全部で17サンプル」

原田は木箱より長さ約30cm、直径5cmほどの金属円筒のセンサーを取り出しワイヤーロープに結びつけた。このセンサーは、クロロフィルa、水温、塩分そして硝酸態窒素の栄養塩を計ることができる。センサーを海面に出すとゆっくりワイヤーロープを送り出していった。ロープの傾斜を確認しながら目印の150mに達したので、今度は引き上げる作業にかかった。なかなかの作業である。その間、鈴木はバケツで表面下の海水を採水しサンプル瓶に移しホルマリン液を添加した。

原田は、センサーを引き上げると蓋の所のゴムで覆われているボタンを押した。これで1回目の測定が完了である。

「我部さん、次は0.5マイル地点です」

「OK！」

1回の操作に約10分を要した。結局、2時間を費やして計測は終了した。

仲栄真老人は、我部に話した。

「海の色が濃いな」

「自分も感じていたよ。鮮度保持液の効果だ」

「長年、海を見てきたがソデイカ1号以来だ。研究組合のみんなに知らせたい気持ちだ……蘇ったみたいだ」

原田が操縦室に顔を出して我部と老人に礼を述べた。

「仲栄真さん、海の色は如何ですか？」

「盛一とも今話し合ったところだが、変わっている。嬉しいよ」

原田たちが宜野山漁港に帰って来たのは午後5時を回っていた。信子が桟橋で待っていた。沖縄の夕方は午後8時頃まで明るい。原田も鈴木も日焼けし、特に頬と腕の焼け具合が目立った。

「原田さん、魚汁でも食べて行かないか？」

「お言葉に感謝しますが、今日はサンプルを持っていますのでこのまま帰らせて貰います。後日、報告に来ます」

原田、鈴木は測定器類と海水のサンプル箱を車に積むなり宜野山漁港を後にした。原田たちは、宜野山のインターチェンジより沖縄自動車道に入った。

昼間は快晴であったが、夕方になって空一面が雲で覆われ始めていた。

「鈴木君、お疲れ。手伝ってもらい助かったよ」

「感激しました。鮮度保持液は本当に凄い物ですね。素人の私にも海水の変化が分かりましたから……原田さん、お疲れではないですか？　運転代わりましょうか？」

原田と鈴木は宜野山3号設置海域の海水の分析方法について話し合っていた。研究所への帰路は車も少なく、前方に2台ほどが視野に入るのみであった。

それは、突然前触れもなく訪れた。石川の火力発電所の高い煙突が見え始める手前を走っている時だった。突然、原田が声を上げた。

「鈴木君、前の車の所を見て！」

50ｍほど前を走っている車を上からサーチライトでも照らしたように光の輝きが車と一緒に動いている。その時間は5秒ほどとも10秒ほどとも思えた。原田達の車を先導するかのように光の輝きが一緒に動いているのだ。

「何でしょう！　原田さん」

原田は、フロントガラスのほうに顔を近づけて空の様子を見ていたが、空に異常は見られなかった。

「初めての経験だ。車と同じスピードで、直線を動くなんて考えられない」

2人とも興奮気味に話した。

「たまたま雲間から太陽の光が差し込んできて、車を照らしたとしか説明のしようがない。しかし、……そんなことあるだろうか？……」

冷静さを取り戻そうとしている原田と鈴木であったが、原田は、あの夏の日の夕方、家族と一緒に散歩している時に見たあの光の集団の光景が頭をよぎった。

原田と鈴木は研究所に戻り、原田はセンサーのデータをパソコンに転送し、更にバックアップを取った。また鈴木はサンプルを冷蔵庫に保管し一日を終えた。

「あの光は……不思議な現象でしたね」

「先導していたね……鈴木君は慣れない海での作業で疲れたでしょう。早く帰ってゆっくり休んで、明日からの分析頼んだよ」

鈴木は早めに出勤し、クロロフィルa、塩分、栄養塩の分析に入っていた。原田は、普段はパソコンの電源を入れることに何もためらいはないが、今日だけは今までと違った感覚にとらわれた。電源を入れてから画面が出てくるのが2倍も3倍も長く感じた。

ファイルからデータが読み込まれ、クロロフィルaと塩分、水温、硝酸態窒素の色別の曲線が測定ポイント毎に表示された。原田は、パソコンに表示されたセンサーの計測データのクロロフィルaに注目した。横軸にクロロフィルaの濃度、縦軸は深度が表示されている。原田の目を惹いたのは宜野山3号を中心として約1km四方で表層から約5mの深さにかけて大きくグラフが振れていることであった。宜野山3号から各1マイルの4地点のクロロフィルaの濃度は1ℓあたり0・01マイクログラムにも達していない。初めての現象を目にして原田は、改めて仲栄真から借りてコピーした研究組合の報告書にあるソデイカ1号周辺海域のクロロフィルａのグラフとの類似に気がついた。また、宜野山３号付近の海水の色が他と違っていることも数値上からうなずけた。だが、明らかに一般的な海水のクロロフィルａの鉛直濃度パターンと異なっていることの思考ギャップをすぐに埋めることは出来なかった。

鮮度保持液「海」は、まだ1回の測定数値ではあるが、プランクトンを増やし肥沃化していることになる。

軽く肩を触れられた。金澤が後ろに立っていた。

「素晴らしい！　やったな」

「あっ、部長。我部さんより連絡があった内容の裏付けだと思います」

「随分、控えめだな、原田君」

原田は、パソコンの画面を指さして各測定ポイント毎の説明をした。

「クロロフィルａだけを1画面に３Ｄの立体に纏めてみますとこのようになります」

横軸にクロロフィルａの濃度が示されたヒストグラムは、宜野山３号から半径１kmほどの測定ポイントだけが明確に円錐の台形を形作っていることを示していた。

「今、鈴木君が海水を分析しています。計測器の関係で深度１５０ｍまでのデータしかありませんが、欲を言えばメカニズムの解明のために１０００ｍまでのデータがほしいですね……」

「……専門家と言われる人々は信じないだろう。原田は、継続的な計測を行う計画だろうが、所長、古橋先生を通じて隅田教授にリモートセンシングのほうの解析も依頼してみたい。より客観的な把握が可能になる」

「部長、まだ1回だけの測定ですが、どうしてこのような現象が起こりえるのでしょうか。仲栄真さんが話していた山田博士のミネラル理論による触媒効果でしょうか?」

「表面の5ｍほどの深さにプランクトンが多く見られることより、海水面と大気、太陽光それに深層水の触媒効果による有機物の合成、そしてそれを餌として植物プランクトンが増えたと考えるほうが容易ではあるが、今は何とも言えないね」

「部長、昨日のサンプリングの帰り、不思議な現象に遭遇しました」

原田はあの光による先導ともいうべき事件について金澤に話した。

「……そんなの初めて聞く話だね……原田、後で詳しく聞くよ」

その頃、原田の回りには比嘉をはじめ研究員が5、6名集まってきていた。

19 鮮度保持試験

翌日、原田と金澤は宜野山村に向けて車を走らせていた。ハンドルを握っている原田が言った。

「仲栄真さん、きっと大喜びをするでしょうね」

「ところで不思議な光の話は？」

原田は一昨日の帰路の高速道路での現象について説明した。

「……雲間からの太陽光の漏れじゃなかったの？」

「雲が厚くて夕日の位置関係も確認できませんでしたけれど、右手には恩納岳もありましたので……真上から照らしたような光でしたね」

「鈴木君も一緒に見たわけだね……」

「彼もびっくりしていました……」

「……原田の周辺には不思議なことがいろいろ起きるようになっているんじゃないの……結局、原田はそういった生き方をするようになっているんだよ。鈴木君もね……」

「……そうですかね」

「まぁ、いいことずくめだ……そうそう、宜野山3号の話に戻ろう」

原田にはまだ少し光の余韻が残っていたが切り替えた。

「仲栄真さん、きっと感慨深いものがあると思うよ。……原田、宜野山3号の辺りの潮流は？」

「測定の日はおおよそ1ノットほどでした。実は、部長の疑問と私の疑問も恐らく一緒だと思うのですが、潮流による拡散のことではないですか？」

「まさしくそうだ。何故拡散しないでいられるのだろうかというのが不思議なんだ」

「山田理論によって有機物が合成されるとしても、潮流で流されて薄まってしまうはずですが……考えてもわからないことばかりです」

「ソデイカ1号の海域も同様だったはずだが、報告書の通り計測されている」

「計測の間違いということも……機器のキャリブレーションはしてありますので、やはり考えられません。鈴木くんの測定結果がもうすぐ出ますので、合えばいいのですけれど」

「昨日、石原所長には電話で報告したよ。隅田教授にも至急連絡を取ってみるとのことだ」

その時、金澤の携帯電話が鳴った。

「はい、金澤です。はいっ……はいっ……ありがとうございます」

「……いいことがあったようですね」

「所長からの電話だ。隅田教授より連絡が入り、リモートセンシングでNIRAIの設置地点とは違う所にクロロフィルａの高い海域が観測されたそうだ。緯度、経度が宜野山３号の場所だ。隅田教授には今回のことは話していないとのことだ」

「先輩、やりましたね！」

「鮮度保持液『海』による海洋肥沃化はほぼ間違いないだろう……。原田、運命だろうが我々は極めて重大な課題にチャレンジしている。鮮度保持液『海』の作用を解明し、NIRAIを〈生命発電所〉に生まれ変えさせなければならないぞ……」

「NIRAIを生命発電所にするんですか？……生命発電所……いい響き、呼び方ですね。仲栄真さんにお聞きしても、また報告書にも鮮度保持液の製法はブラックボックスです。大きな流れは述べてあるのですが、他はブラックボックスです。古波蔵君達がNIRAIで６００ｍと１４００ｍの深層水を用いて混合試験をしていると思いますが、……手がかりが得られればいいのですけれど……」

「報告書には、６００ｍと１４００ｍの深層水の混合比は述べられていないが、たくさんの組み合わせの中から見いだされたとだけ書いてある。僕は、研究組合の誰かが直感的な閃きのような一見科学的範疇、才覚だけでは構築不可能な物証の中で見いだされたのではないのかとも考える時があるくらいだ……」

「閃きですか……」

「……先日も話したが、仲栄真さんの話でもソデイカ１号の設置に至る経緯は、ほとんど経験が不可能な偶然の連続であり奇跡みたいなものだ。偶然と奇跡は１回や２回、希にしか起こらないからそう呼ばれるのであって、何回も続けて起こったら自然とか必然になる……一昨日の鈴木君と見た光だって偶然の産物かも知れないよ……閃きとか直感は、今の脳科学でも説明がつかない。突然にポンと湧き出て説明が出来なく、そのため科学的根拠がないとかで端のほうに追いやられてしまう。研究組合の組織的閃きによる開発事業のハード部分の成果であるソデイカ1号の海域の現象はその一例だと思う。もちろん、鮮度保持液による魚の鮮度保持や植物の生長などへの影響も同じだ」

「一生懸命考えていて、一息入れた時などにいいアイデアが浮かぶことってありますよね」

「ソデイカ1号の場合は、いいアイデアと呼ぶよりもスケールの大きなビッグバーンのような超新星的発電所なんだと思う」

「超新星発電所ですか……中国で発達した漢方薬も不思議ですよね。全く関係なさそうな薬草や素材の組み合わせにより効果を発揮させます。薬理効果を確認する精密分析機器もない時代にどうして組み合わせを知り得たのか疑問に思ってしまいます。薬草を一つ一つ試していって組み合わせを見いだしたと物の本には書いてありますが、先輩の言葉を借りますと超人的な閃き人がいて、組み合わせがスラスラと生まれてきたことになりますね。ハリ、灸も、平凡な人間にはツボや経絡の位置や働きなどはわからないものだと思います」

「……私の知人の友人に感覚がすごく敏感な人がいてね、物に触らないのにいろいろ言い当てることが出来るんだよ。知人からその人を紹介されて質問をした時がある。何故わかるんですかとね。その人は何と言ったと思う？」

「…………」

「ただ感じるのだそうだ。人は言葉でしか物事を考えられないから言葉が浮かぶのですか、と聞いたらそのようなことを言っていたぞ」

「沖縄の方ですか？」

「原田君も知っているだろうけれど、ＦＭ南風の技術の責任者を務めている人だ。一度会ってみてはどうかな」

「……放送局の方ですか？…………話は戻るのですが、ソデイカ1号により汲み上げられた2つの海水の組み合わせで出来たとされる鮮度保持液の組み合わせの比率とか混合の順序は、直感とか閃きにより開発されたのではないかというのが先輩の一つの見方なわけですか？」

「人には何かの切っ掛けのようなものがあって、例えばある人に会ってから急に人生観が変わったとか、ある体験を切っ掛けに眠っていた能力が目覚めたというような、まるで小説の中の話に似てしまうけれど、そういうことが研究組合に起きていたのではと考えてみた……」

「いったん完成してしまえば、後は裏付けのために実験をしていけば済み、経緯を知らない人からすれば論理的に、実験的に積み上げられた技術だと納得するわけですからね。……ソデイカ1号の汲み上げた深度の決定も、そのように考えますとあり得る話ですね。しかし、６００ｍと１４００ｍの深層水の組み合わせよりももっといい組み合わせもあるかも知れませんね」

「それはあるかも知れない。しかし、計算上は無限に近い組み合わせの中から捜すわけだから、深層水に精通し、問題意識を持ち、直感がさえる人の出現を必要とするんじゃないだろうか……」

「今、考えたのですが、インターネットの検索エンジンと似ていませんか？……条件を決めて検索し、答えを出すわけですから」

「直感や閃きを促す一手段にはなるとは思うけどね。我々の社会は、ある条件のもとにデータを並べ、あるいは並べ替えてその中で最もいい物を選択する構造になっている。NIRAIでのムラサキウニの受精、発生の実験もそのいい例で、深層水の組み合わせを昇順や降順の順序でたくさん作り、いい結果を得た組み合わせの所を更に昇順や降順の順序で絞り込んで、山の頂上らしき所を『発見』したと呼んでいることがほとんどだよ。……原田君だったら検索エンジンとは異なる『閃きエンジン』ないしは『直感エンジン』を全開して出来そうな気がするけれどね……」

「……私にそんな能力はあるでしょうか……」

「あるとかないとかの問題ではなく、磨かなければだめだ。とにかく鍛え考えに考えて、考え通す」

「……今日の先輩はいつもと違いますね」

「ワッハハハハ……古橋教授に会って研究組合のことを偶然耳にし、国会図書館で報告書を探り出し、ソデイカ1号のたった一人の生き証人の仲栄真さんに奇跡的に会うことができ、普通は時間的に存在も困難であるが冷凍された鮮度保持液が存在することを見つけたのも原田だろう。また宜野山3号のところで鮮度保持液『海』の実験をやろうとしたのも原田だろう。そして海洋肥沃化の兆しを掴んだのも君だ。……何を躊躇しているんだ。……40年前に既に道は開かれているんだぞ。その同じ道を拡張していくか、それとも新しい道を開拓していくかは原田にかかっていると見ているよ。そのために僕も、所長も、古橋教授も応援する。……言葉は大きいが食糧問題解決の糸口が開かれるかも知れない」

「…………」

宜野山の仲栄真老人は笑顔で原田たちを迎えた。

「40年の眠りから覚めたみたいだね」

原田が取り出したクロロフィルａの濃度測定データを平面図に展開した図をしみじみと眺めながら仲栄真が話した。

「不思議な現象ですね……」

と原田が言った。

「……鮮度保持液は紛れもなく、継続的な現象を起こすことが理解できたかね。引き続き宜野山３号の海域を調査する必要があるが、鮮度保持液の本来の使い方である魚の鮮度保持の試験もお願いしたい」

「はい、透明なほうのものですね？……ところで、鮮度保持液を分析したのですが、鉄とマグネシウム以外に特徴的な成分は検出出来ませんでした。今回の宜野山３号海域のクロロフィルａの数値など、私どもが常識としています現実とあまりにもかけ離れていますので、NIRAI に鮮度保持液の技術を活かすとした場合の参考意見を是非お聞かせ戴ければと思っています」

と金澤がお茶を飲みながら話した。

「……一番簡単な方法は、もう一機、ソデイカ1号を作り設置してみることではあるが、それには時間とお金がかかり、NIRAIが研究開発の流れから浮いてしまう。ソデイカ1号の骨子は全て報告書に書いてある通りだ……私にもこれと言った名案はない……」

仲栄真は我部に電話を入れ、原田に代わった。

「原田です。先日は大変お世話になりました。今、仲栄真さんのところに来まして、測定結果の一部を報告しているところです。海の色と同様な結果です。再度、測定を計画していますのでよろしくお願いします」

電話を終えた原田は、我部の話として引き続き宜野山3号の周辺海域では魚がたくさん釣れていることを漁師仲間より聞いていることや、海の色の変化についても同様であることを聞き、話した。

翌日、研究室の原田に鈴木が宜野山3号周辺海域でサンプリングした海水の分析結果を報告していた。既に鈴木には、3日前に原田が測定器データの分析を終え、宜野山3号の周辺海域のクロロフィルa濃度が高くなっていることは伝わっていた。鈴木も原田の測定結果を裏付けられればとの思いだった。

「測定器の値とほとんど同じだね……鈴木君、昨日、部長と一緒に宜野山の仲栄真さんに会ってきた。魚の鮮度保持の実験も検証してほしいとのことだった」

「魚の鮮度保持の実験ですか？　私も研究組合の報告書を読ませて貰ったのですが、魚よりも報告書にありましたように実験動物のマウスの肝臓を用いたほうがより客観的で明確になるのではないでしょうか」

「鈴木君は、実験動物をやっている先生でも知っているのか？」

「はい、知り合いの先生に病理学を教えている助教授がいますので協力してもらえると思います。頼んでみます。臓器保存の研究もやっています」

「臓器保存？」

「はい、琉球大学医学部の平塚先生です」

「1階の冷蔵庫に仲栄真さんから預かった鮮度保持液の包みがあるので、無色溶液のペットボトル1本を取り出して、オートクレーブ処理を行い、蒸留水に希釈して貰いたい。希釈倍率は1000倍ですよ」


その日の夕方、鈴木は平塚助教授に連絡を取ってみたところ、運良く在室であった。後日、鈴木は琉球大学医学部の平塚研究室を訪ねた。

「海洋科学研の鈴木です。実験の件でご相談したいことがありましてお伺いしました……」

平塚は白衣を身につけ机でメールをチェックしていた。助教授室は本が山のように積まれ、本棚の隅のほうで研修生が数人パソコンに向かっていた。

「先生、マウスの肝臓を用いて保存試験をお願いできますでしょうか？」

「……深層水に臓器を保存できる効果でも見つかったのですか？」

「未だはっきりしたことは分からないのですが……委託研究の形で如何でしょうか」

「すぐ委託研究というよりは、事前に試みてみましょう」

平塚は、鈴木が話した深層水を混合した溶液の不思議さに興味を持ったようで、隣の研究室の助手を紹介してくれた。

「こちらは海洋科学研の鈴木さん。僕の友人の知人です。マウス摘出肝を用いて簡単な実験をしますのでよろしく。内容についてはメールでやり取りします」

予備試験は次のような内容である。マウスを試験区と対照区に分けて、試験区は鮮度保持液を蒸留水で1000倍に希釈した溶液に30分間浸漬し、引き上げて6時間後に解剖し肝臓を摘出、4℃で保存する。7日後にホルマリン処理を施し、組織写真で病理観察を行う。対照区の浸漬液は蒸留水そのものとし、保存温度、期間は試験区と同じである。

平塚との打ち合わせに沿って、鈴木は翌日、鮮度保持液5 mlを大学に持参した。

10日後の夕方、平塚より鈴木宛にメールが入った。

（メール文）

海洋科学研究所　鈴木様

マウス摘出肝の組織写真を添付しますので確認してください。病理の専門でもない方でもすぐ見分けがつく細胞写真です。正直、私は驚いています。詳細な打ち合わせを行いたいと思いますのでご連絡下さい。

第二病理学講座　平塚守彦

鈴木はメール文を印刷すると原田の机に向かった。

「原田さん、平塚先生よりメールが来ました」

原田はメール文に目を通して細胞写真を見た。写真には試験区と対照区の区別もなかったが明確であった。対照区の写真は、染色の色乗りが悪く、細胞内の核がほとんど消滅し、あったとしても角張って小さくなっている。一方の試験区は、所々に空白の間隙が見られるが、核は黒く丸みを帯びてその周辺もはっきりしていた。

「すごいな！」

「素晴らしいですね。原田さんも一緒に琉大にいかがですか？」

「先生の日程と合えばいいが……連絡をとってもらえるかなぁ」

結局、鈴木がメールでやり取りの後、原田が平塚と会えたのは実験開始後3週間を過ぎた20日後で、前回鈴木が平塚と会ったほぼ同じ時刻であった。

平塚は、原田とは初対面であったが一方的に話した。

「鈴木さんから戴いた溶液を蒸留水で１０００倍に薄めた溶液に、マウスを浸漬し予備的な臓器保存の試験を行ったのですが、臓器保存の研究をやっている者にとって今回の結果は驚きそのものでした。実は、担当の助手が初めにこんなことを言ったのですよ。『Ａ区のマウスは腐っているみたいです』と。

私も確認したことですが、普通、マウスもそうですが2時間経過当たりより死後硬直が起こります。担当の助手には試験区と対照区の区別は話さないで、A群とB群とだけ示したのです。B群の対照区は、しっかりと死後硬直が起きて手足が堅くなり動かなくなりましたが、試験区のほうは生きているように柔らかく動いたというわけです。ここに14日目の細胞写真がありますが、試験区の細胞はまだ生きています。……こんなことは初めての経験です。もう一つ分からないことがあります……」

「……何でしょうか?」

「この溶液は組織への浸透力が極めて高いということです。浸透力という言葉は正確ではありませんが肝組織の中まで影響していることです。何故なんでしょう?」

「……先生、私どももメカニズムが分からなくて……」

「私も病理屋を長年やっていますが、ホルマリン処理の場合でもホルマリンはなかなか組織の中に浸透していかないのでカミソリでたくさんの切れ目を入れ、固定するわけです。この溶液も、つまりホルマリンと同様に組織の中には入っていかないはずですが、しっかりと細胞活性を示しているわけです。浸透しないにもかかわらずですよ!　どうしてでしょう……この液体はどのような物なのですか?」

平塚の話方は割とゆっくりだったが、少々トーンが上がっているのが分かった。

「実は、お願いしました溶液は40年ほど前に深層水から生成されたもので、冷凍されていました。当時は魚の鮮度保持に使われたそうなのですが、技術が途中で切れ、私もつい最近知ったというわけです」

平塚はじっと聞いていた。

「……二種類の深層水と蒸留水を混ぜただけなのに、こんな現象を起こすなんて信じられませんね。しかし、確認したのは自分たちなのですから結果については正確です」

「実は、私どももこの溶液のように深層水を用いて再現させようと取り組んでいるのですがまだ実現していません」

「鈴木さんからこの溶液の簡単な分析値を見させて貰ったのですが、希釈前の原液でもあまり普通の水と変わりないのですね。更にそれを１０００倍に薄めるわけですから……全く不思議です。もう一度、試験をしてみます。結果がでましたら連絡します。……個人的なことなのですが、私の母は沖縄出身です。親父は国の衛生研究所に努めていたことがあり、ときどき沖縄に来ることがあったように記憶しています」

「まさか沖縄の深層水プロジェクトに関わっていたということは……」

「……詳細は分かりません。学生の頃は親と離れて住んでいたことと、あまり仕事のことは話さない父でしたから」


原田と鈴木は大学を後にした。大学から勝連の研究所までは1時間ほどの距離である。

「帰ったら報告書を見てみよう。もし、平塚先生のお父さんが関係していたら……まぁ、そんなことはないと思うけどね……ヒラツカ先生……以前に仲栄真さんからも聞いた名前だ……」

「原田さん、浸透とは違うメカニズムで溶液が細胞内に影響しているのですね。電気でもありませんでしょうし、どのようなメカニズムなんでしょうか？」

「宜野山の仲栄真さんの話では、相転移説が有力とのことだったが、良く分からない」

「相転移、つまりあの将棋倒しですよね……」

「なぜ組織の中まで影響するか、NIRAIにどのようにして引き継いでいったらよいのか、謎がまた一つ増えそうだね……」

「……医学の長年の夢であった臓器保存が実現したと考えられますか？」

「人の命に関する医薬品関係はハードルがとても高く、承認されるまでは多方面からの安全性、実績などの膨大なデータを用意しなければならないから相当難しい」

「でも原田さん、鮮度保持液は考えようによっては大変な水じゃないでしょうか。１０００倍に希釈し、市販されている清涼飲料水のように売られ、その水を常用している人が急病で倒れ、臓器移植が必要だなんていう場合はどうなんでしょう？」

「……例えば、心臓の心筋梗塞の場合なんかにはいいだろうね。処置時間が2倍以上に延びるから助かる率も上がるはずだ」

「損害保険のようにこの水を飲むことにより助かるなんてなれば面白いですね」

「鈴木君はアイデアマンだね。マウスの肝臓で保存期間が延びたのだから、人についても同じように言えるけれど……新しい鮮度保持液をNIRAIの深層水を用いて我々が作れるかどうかにかかっている。冷凍庫の鮮度保持液はいずれなくなってしまう。古いものよりは、より新しく効果がいいものでなくてはね」

原田たちは夕方に研究所に着いた。久しぶりにNIRAIから古波蔵と加藤が戻っていた。

「原田さん、６００ｍと１４００ｍで混ぜる順序や混合率を変えてウニの発生実験をやったのですが、ご期待には添えませんでした。少しは良くなるのですが決定的な混合比率を見出すまでには行きませんでした」

「ご苦労さん。今晩、久しぶりにみんなで夕食でも食べようか」

原田、鈴木、古波蔵そして加藤はそれぞれに部署に戻って行った。程なくして原田のところに古波蔵がやってきて

「例の鮮度保持液を数ミリでも分けて戴けませんか」

という。

「いいけど、何に使うの？」

「個人的なことなんですが……前に原田さんから宜野山の仲栄真さんの話を聞いていましたら、料理に使ったら良かったということを思い出し、親戚が浦添で小料理屋をやっているものですから試せないかと思いまして……」

古波蔵は少し恥ずかしそうに言った。

「所外研究という名目でどうかかな。必ず結果を報告してくれよ。……それじゃ、鈴木君に連絡してお

くから分けて貰って」

古波蔵の母の妹の叔母は、浦添の城間《ぐすくま》で〈城趾〉という琉球料理の店を営んでいた。

〈城趾〉は、国道58号線の城間交差点から高台にある浦添市役所に向かって500mほどの距離にある和泉公園の真向にあり、店の名前は、琉球王国発祥の地で今は公園となっている〈浦添城趾〉からとった。通りは市役所への道ということで割と人通りが多い。夕方ともなると客の出入りが増える。

古波蔵はエプロンをくぐって厨房へ入った。

「正ちゃん、久しぶりね。お母さんは元気？　それにしても随分焼けているね」

「元気だよ。2週間ほど海に行っていたからね。……今日は不思議な水を持ってきたよ」

古波蔵は黒色のバックからサンプル瓶に入った〈鮮度保持液〉を出し、叔母に渡した。

「これだけ?!」

「叔母さん、この水は1000倍に薄めて使うんだよ。1ℓほど水貰える？」

すぐに水が注がれた大きなジョッキ風のガラス容器を、紺色のエプロンをつけた若い店員が運んできた。古波蔵は簡易ピペットで〈鮮度保持液〉1mlを計るとその水に添加した。

「叔母さん、飲んでみて」

叔母は、味の試験でもするように一口その水を含むと、

「あらっ、飲みやすいね」

というなり、カウンターに座っている馴染みの客らしい中年の少々太り気味の男性に声を掛けた。

「照喜納さん、この水で泡盛を割って飲んでみて」

客は、テーブルのガラスコップの水をぐいっと飲み干すと、手元にある酒瓶から泡盛を半分ほど注ぎ、それに叔母が手渡した水を入れて軽くかき回し、口に持って行った。

「……なかなかいいね」

と客が言った。

叔母も水割をつくり飲むと、

「あらっ、いい感じの泡盛になるね……この水を使わせてちょうだい、正ちゃん！」

「ご飯を炊くときの水とか、煮物にもいいみたいだよ」

「油物にも効果があるかな。おでんなんかはどうかな」

「試してみてよ。冷蔵庫で保存してね」

古波蔵は、夕食をご馳走になり帰って行った。

翌日、お昼前の研究所。浦添の叔母から古波蔵に電話が入った。

「昨日貰った水だけど、調理人に聞いたら良さそうだよ。大根などの煮物も早く仕上がるし、かたくずれが少ないみたいだよ。チャンプルーをするとき、調味料代わりに少し入れたら調理室の油の臭いが軽くなったとみんなが言っていたよ。もっと貰えるかね」

「叔母さん、あれは研究用だからもう無理だよ」

古波蔵は、原田に口頭で昨日の叔母の料理屋での〈成果〉を話した。

「鮮度保持液は仲栄真さんが言っていた通り、色んな物に使えそうだね。おでんの大根の煮え方が早くなるなんていうのも面白いね。熱の伝わり方が良くなるのだろうか？……」

研究所の2階の窓から見える青いフィリピン海は、雄大な白い入道雲にエネルギーを送り込み、夏を満喫しているように見えた。

（下巻につづく）

著者：鈴木　俊行（すずき　としゆき）

1952年山形県生まれ。1992年より沖縄の深層水の研究開発に携わる。1995年発足の沖縄県海洋深層水開発協同組合の設立に参画（現在：事務局、理事）。2001年、深層水、蒸留水の調合技術をベースとした㈱アクアサイエンス研究所の設立に参画。沖縄県浦添市在。現在、海洋肥沃化と食糧増産などの技術開発に取り組んでいる。

不思議な水の物語（上）

2009年6月1日　第1刷発行

発行所：㈱海 鳴 社　http://www.kaimeisha.com/

〒101-0065　東京都千代田区西神田2－4－6

Eメール：kaimei@d8.dion.ne.jp

電話：03-3262-1967　ファックス：03-3234-3643

発 行 人：辻　信 行

組　　版：海　鳴　社

印刷・製本：シ　ナ　ノ

出版社コード：1097

ISBN 978-4-87525-257-3　落丁・乱丁本はお買い上げの書店でお取替え下さい